De Cock en de wortel

A.C. Baantjer

De Cock
en de wortel van het kwaad

De Fontein

ISBN 978 90 261 2251 4
NUR 331

Ontwerp omslag: Hans Gordijn
Foto omslag: Hans Gordijn
Grafische verzorging: V3-Services, Baarn

1

Rechercheur De Cock van het aloude politiebureau aan de Amsterdamse Warmoesstraat slenterde op zijn gemak over het brede trottoir van het Damrak. Om hem heen flaneerden vrouwen en meisjes in fleurige jurkjes. Zo nu en dan blikte de grijze speurder knipperend omhoog naar de gulle zon, die zich ondanks allerlei aangekondigde depressies niet wenste te verschuilen achter het grauw van een wolkendek, maar nu al vele dagen achtereen blij en onbekommerd straalde in een strakblauwe hemel.
De Cock genoot intens. Het humeur van de oude rechercheur had de wispelturige eigenschappen van een attente barometer. Bij kou, natte sneeuw en regen stond zijn gezicht op storm, maar in de koestering van het milde zonlicht fleurde het op. Dan dansten grillige accolades een zoete glimlach om zijn mond, dan jubelde zijn hart als van een jonge vent en hing zijn oude hoedje scheef op één oor.
Op de hock van de Oudebrugsteeg bleef hij even besluiteloos staan. Een moment kwam de gedachte bij hem op om voor die dag de Warmoesstraat en de misdaad te laten voor wat ze waren en door te wandelen naar het Rokin, de stad uit, langs de Amstel met de zon weerspiegelend in het water, verder, langs groene weilanden met vredig grazende koeien en onschuldige schapen.
De grijze speurder trok een brede grijns tegen zichzelf in het spiegelend glas van een reclamezuil. Hij stak de rijbaan van het Damrak over, sprintte roekeloos voor een aanstormende tram langs, slofte traag, bijna bedaagd aan de schippersbeurs voorbij en sjokte de oude Warmoesstraat in.
Voor de ingang van het politiebureau bleef de oude rechercheur opnieuw staan. De blauwstenen stoep werd scherp op zijn netvlies geprojecteerd; in het bijzonder de uitholling door duizenden voetstappen van politiemensen en kleine en grotere zondaars.

Zo starend, ervoer hij die stenen stoep ineens als een barrière, een drempel, die hem vrees aanjoeg, die hem verkilde en alle zonnewarmte van het Damrak uit zijn botten joeg. Hij werd gegrepen door een onberedeneerbare angst. Het was alsof een vreemde inwendige stem hem influisterde om die dag uit zijn ambtelijke leven te schrappen, een sprong te maken in de tijd... een sprong van vierentwintig uur tot een lachende nieuwe morgen. Huiverend duwde hij die benauwende onrust uit zijn hart en stapte de brede hal in.

Aangekomen in de grote recherchekamer op de tweede etage, keek Vledder, zijn jonge assistent, onderzoekend naar hem op.

'Wat is er?' vroeg hij bezorgd. 'Ben je geschrokken?'

'Hoezo?' De Cock hijgde van de klim langs de stenen trap.

'Je ziet bleek.'

De Cock zwiepte zijn oude hoedje naar de kapstok en trok zijn regenjas uit. Hij hing hem over de rugleuning van zijn bureaustoel en met een diepe zucht ging hij zitten.

'Geloof jij in omen?' vroeg hij Vledder toen hij op adem was gekomen.

Vledder grinnikte.

'Welke ome... ome Jannes, ome Kees, ome Piet?'

De Cock schudde misprijzend zijn hoofd.

'Doe niet zo lollig. Met dergelijke zaken moet je niet spotten,' sprak hij ernstig. 'Omen zijn onverklaarbare voortekenen, aanwijzingen dat er iets zal gaan gebeuren... iets ernstigs of iets schokkends, iets wat aangrijpt.'

De grijze speurder staarde enige seconden zwijgend voor zich uit. 'Een paar minuten geleden ervoer ik zo'n omen,' ging hij verder. 'Het was voor de tweede keer in mijn leven. Op precies zo'n zelfde zomerse zonnige dag en op hetzelfde tijdstip. Destijds stond ik, net als nu, voor de stoep van het bureau, toen ik plotseling het gevoel kreeg dat ik deze dag niet naar binnen moest gaan. Het was alsof die uitgesleten blauwstenen stoep tegen mij sprak, me waarschuwde voor een naderend onheil.'

Vledder keek of De Cock een flauwe grap had verteld.

‘Wat een onzin,’ bromde hij. ‘Baarlijke nonsens. Lariekoek, De Cock. Blauwstenen stoepen spreken niet. Dat is geklets. Geen enkele stoep spreekt.’ Hij hield zijn hoofd iets schuin. ‘Ik denk dat jij een klein zomergriepje onder je leden hebt. Dat heerst erg op het moment. Rillingen en koorts. En weet je... koortsige mensen hebben vaak de vreemdste fantasieën.’
De Cock reageerde nukkig.
‘Ik ben niet grieperig en ik heb ook geen koorts.’ Het klonk korzelig. ‘Je mag dat omen van mijn part rustig vergeten.’
De oude rechercheur voelde hoe de huivering wegtrok en de kleur op zijn gezicht terugkeerde. ‘Maar je vroeg mij waarom ik zo bleek binnenkwam.’
Vledder glimlachte gemaakt liefjes.
‘Omen.’
‘Precies. En *omina sunt aliquid.*’
‘Latijn?’ vroeg Vledder wantrouwend. Daar heb je hem weer, dacht hij.
De Cock knikte.
‘Een oude Latijnse spreuk: *omina sunt aliquid,*’ herhaalde hij, ‘voortekenen bedriegen niet.’
Vledder trok berustend zijn schouders op.
‘Het is maar wat je gelooft,’ opperde hij rustig. ‘Je kunt elke gebeurtenis, elke opdoemende gedachteflits wel als een voorteken interpreteren. Nonsens. Laat jij nou gewoon je nuchtere verstand werken. Je bent een rechercheur van politie, en niet van gisteren, denk daar maar aan.’
De Cock knikte instemmend.
‘Je hebt gelijk, maar mijn omen was vanmorgen duidelijk en indringend,’ mokte hij.
Er werd op de deur van de recherchekamer geklopt. Vledder wachtte. Hij riep niet onmiddellijk ‘binnen’, zoals gewoonlijk. Het kloppen herhaalde zich. De jonge rechercheur keek met een schalkse blik naar De Cock.
‘Jouw omen?’
De grijze speurder glimlachte.
‘Het zou mij niets verbazen.’

Na het vertraagde en wat geïrriteerde 'binnen' door Vledder, ging de deur langzaam open en in de deuropening verscheen de gestalte van een vrouw. De Cock schatte haar op een leeftijd van achter in de dertig. Ze droeg een lichtgroen mantelpakje van ruige wollen stof, een fraaie combinatie met haar lange blonde haren, die tot op haar schouders reikten. De oude rechercheur bleef gebiologeerd naar het fenomeen kijken. Ze was mooi, vond hij. Zij etaleerde de schoonheid van een naar rijpheid lonkende vrouw. Haar rokje hing een handbreedte onder de knie. Haar gebruinde benen waren lang en slank. Aan een riempje over haar schouder bungelde een zwartleren tasje. In een trage, wat slepende tred liep ze op de beide mannen toe.

Een mooie vrouw fascineerde De Cock altijd weer, zeker wanneer ze de kille, grauwe recherchekamer betrad. Dan was het voor hem alsof de zon doorbrak in een politiecel. Hij zag dat ze zich bewust was van het effect dat ze op mannen had.

Voor het bureau van de grijze speurder bleef ze staan. Met haar helblauwe ogen nam ze hem nauwkeurig op. Koel, schattend, haar hoofd iets schuin.

'U... eh, u bent rechercheur De Cock?' vroeg ze liefjes.

De oude rechercheur schudde de betovering van zich af en kwam beleefd uit zijn stoel overeind.

'De Cock met... eh, met ceeooceekaa,' reageerde hij haast automatisch.

Hij wees met een breed gebaar voor zich uit.

'En dit hier is mijn jonge collega Vledder, met wie ik al eeuwen mijn geheimen deel.'

De jonge vrouw lachte.

'U acteert zoals mij was voorspeld.'

'Door wie, als ik vragen mag?'

'Iemand die mij aanraadde om mij met u in verbinding te stellen.'

De Cock wuifde als een ware cavalier naar de stoel naast zijn bureau.

'Gaat u zitten.'

Ze bleef even weifelend staan.

'Mag mijn vriend erbij zijn?' vroeg ze wat aarzelend. 'Ik durfde vanmorgen niet alleen naar het bureau in de Warmoesstraat te komen. Hij heeft mij begeleid.' Ze duimde over haar schouder. 'Hij zit bij de deur op de bank.'
De Cock glimlachte.
'Ik weet nog niet wat u mij gaat vertellen.'
Ze zuchtte diep en trok een ernstig gezicht.
'Ik ben mijn broer kwijt. Mijn jongere broer. Hij is al zeker een dag of vier niet thuis in zijn woning geweest. Ik maak mij zorgen en wil u verzoeken hem voor mij op te sporen.'
De Cock wees naar de deur.
'Uw vriend kent uw verdwenen broer?'
De vrouw knikte.
'Zeker.'
De Cock glimlachte opnieuw.
'Dan praat ik straks ook nog wel even met hem.'
De oude speurder nam weer plaats en keek hoe de vrouw met licht trillende vingers het jasje van haar getailleerde mantelpakje losknoopte. Voorzichtig liet zij zich op de stoel zakken en zette haar tasje op haar schoot. Vragend keek ze in de richting van Vledder.
'Spreekt u vrijuit, mijn collega Vledder en ik zijn een team. Wij vormen als het ware een twee-eenheid,' zei De Cock met een knipoog naar Vledder.
De vrouw boog zich iets naar hem toe. Op haar gezicht lag een ernstige trek. Wat gehaast begon ze te praten.
'Sinds de dood van mijn ouders heb ik altijd een beetje over Jean-Baptiste gemoederd. Ik hield zijn woning schoon en zorgde ervoor dat hij op tijd te eten kreeg. Jonge mannen hebben niet de ervaring om...'
De Cock maakte een afwerend gebaar.
'Voor u... eh, voor u verdergaat... wie bent u en wie is de verdwenen Jean-Baptiste?'
Er gleed een lichte blos over haar gezicht.
'Dom. Vreselijk dom... ik had mij moeten voorstellen. Mijn naam is Gabriëlle... Gabriëlle van de Kraaienhoek.'
De Cock schoof zijn onderlip iets naar voren.

'Gabriëlle van de Kraaienhoek,' herhaalde hij langzaam. 'Een mooie naam.'
De vrouw knikte instemmend.
'Ik ben weduwe. Sinds mijn man is verongelukt, blijf ik zijn naam dragen. Kraaienhoek schijnt een gehucht te zijn ergens in Noord-Brabant. Daar kwam mijn man vandaan.'
'En?' vroeg De Cock.
Gabriëlle van de Kraaienhoek keek vragend.
'Wat bedoelt u?'
'Mijn tweede vraag. Wie is de verdwenen Jean-Baptiste?'
Gabriëlle maakte haar leren tasje open en nam daaruit een foto van een jongeman.
'Jean-Baptiste. Jean-Baptiste de Boyer heet hij voluit, een Franse naam. Onze familie stamt af van de hugenoten.' Ze reikte de foto aan De Cock over. 'Jean-Baptiste is hier op de foto enige jaren jonger, maar ik heb geen ander portret van hem. Hij is nu vijfendertig jaar.' Ze liet haar hoofd iets zakken. 'Als hij nog leeft.'
Het klonk uiterst somber.
De Cock trok een denkrimpel in zijn voorhoofd.
'Waaraan ontleent u het idee dat uw broer niet meer zou leven?'
Gabriëlle antwoordde niet direct. Ze liet haar hoofd iets zakken. Haar lange blonde haren gleden als een gordijn voor haar gezicht.
Na luttele seconden keek ze op. 'Zijn gedrag,' antwoordde ze benepen. 'Jean-Baptiste is zo'n pietje-precies. Altijd uiterst punctueel. Als jochie had hij al een onwrikbaar vaste dagindeling. Daar wijkt hij nooit van af. Hij heeft zijn ritme. Dat geeft hem een gevoel van veiligheid, en het behoedt hem voor onzekerheden.'
De Cock keek haar onderzoekend aan.
'En dat levensritme van uw broer is verstoord?'
Gabriëlle keek van De Cock naar Vledder.
'Ja, daar is hij duidelijk van afgeweken.'
'Hebt u daar aanwijzingen voor?' vroeg Vledder.
Gabriëlle zuchtte.

‘Zeker,’ Ze knikte in de richting van Vledders computer. ‘Ik heb zijn pc opgestart. Zijn laatste aantekeningen zijn van vier dagen geleden. Sindsdien heeft hij het apparaat niet meer aangeraakt.’
‘Wat is hij van beroep?’ vroeg De Cock.
Gabriëlle van de Kraaienhoek maakte een vaag gebaar.
‘Ik weet niet of je het een beroep kunt noemen. Jean-Baptiste is auteur... schrijver.’
‘Wat schrijft hij?’
‘Detectiveromans.’
De Cock plukte aan zijn neus.
‘Schrijvers houden zich in de regel toch niet aan een strikte dagindeling.’ Het klonk alsof de oude rechercheur daar alles van wist.
Gabriëlle trok haar gezicht strak.
‘Jean-Baptiste wel,’ reageerde ze scherp. ‘Hij hield zich aan zijn schema! Hij schreef drie pagina’s per dag, absoluut. Daar week hij niet vanaf. Ook als het niet zo best lukte, bleef hij net zo lang worstelen met zijn tekst tot hij tevreden was.’
De Cock nam een kleine pauze. Hij gunde zich even de tijd om heimelijk de fraaie lijn van haar buste te bewonderen. Het ontging hem niet dat Vledder hem met een geamuseerde blik gadesloeg.
‘Waarom,’ ging hij verder tegen Gabriëlle, ‘meldt u de vermissing van Jean-Baptiste?’
Ze keek hem met grote ogen aan.
‘Ik ben zijn zuster,’ zei ze, verbaasd over de vraag van De Cock.
De oude rechercheur glimlachte.
‘Jean-Baptiste is niet getrouwd?’ vroeg hij.
‘Nee.’
‘En zijn er ook geen vrienden of kennissen die zijn vermissing hebben opgemerkt?’
Gabriëlle schudde haar hoofd.
‘Jean-Baptiste leidde een nogal solitair bestaan,’ sprak ze traag. ‘Hij leefde voor zijn werk en bemoeide zich verder praktisch met niemand. Eenmaal in de week ging hij naar zijn club. Dat was, geloof ik, zijn enige vertier.’

De Cock boog zich over de foto van Jean-Baptiste de Boyer. Zijn gezicht met een wat weke kin had, zo vond hij, een melancholische, zwaarmoedige uitstraling. Hij schoof de foto van zich af en keek op.
Gabriëlle keek hem verwachtingsvol aan, maar De Cock kwam weer met een vraag.
'U hebt bij hem thuis geen afscheidsbrief van hem gevonden?'
Gabriëlle deinsde bijna achteruit.
'Afscheidsbrief?' vroeg ze in opperste verbazing.
De Cock knikte.
'Dat bedoel ik. Misschien had hij plannen om afscheid te nemen van het leven.'
'Nee!' Ongeloof klonk door in haar stem.
'U heeft niets vreemds in zijn woning gezien? Er zijn ook geen koffers gepakt?'
'Nee...'
'Deze foto van Jean-Baptiste mag ik voor mijn onderzoek gebruiken?'
'Zeker.' Ze schoof de foto met een triest gebaar terug over het bureau.
De Cock stond op van zijn stoel en wenkte Gabriëlle om hem te volgen.
'Nu ga ik even met uw vriend praten. Wilt u zo vriendelijk zijn en buiten deze kamer op de bank wachten tot ik daarmee klaar ben? Daarna roep ik u weer naar binnen en dan geeft u aan mijn collega uw adres en telefoonnummer. En we willen graag een signalement van Jean-Baptiste; bijvoorbeeld welke kleding hij gewoonlijk droeg. Ook zijn adres, geboorteplaats en -datum. Bijzondere kenmerken. Mijn collega, rechercheur Vledder, zal u daarbij helpen.'
Vledder begeleidde de vrouw tot de bank in de gang naast de deur van de recherchekamer. Hij knikte vriendelijk naar haar en met lenige sprongen daalde hij de trap af naar de hal. De Cock kon hem wel even missen. Hij zou de draad van de ondervraging snel genoeg weer oppakken.

De vriend van Gabriëlle van de Kraaienhoek bleek een goedgebouwde veertiger, gekleed in een onberispelijk lichtgrijs kostuum. De Cock liet hem op de stoel naast zijn bureau plaatsnemen en nam hem nauwkeurig in zich op. De vriend was het type van een knappe man met een fraai gevormd uiterlijk, een lichtbruin getinte huid, zwart, enigszins golvend haar en glanzende donkerbruine ogen.
'Wie bent u?' vroeg De Cock.
De man glimlachte.
'Ik neem aan dat u beroepshalve elk gesprek met deze vraag begint?'
De Cock knikte.
'Wij willen nu eenmaal graag weten met wie wij spreken.'
De man glimlachte opnieuw.
'Ik ben Felix... Felix de Waard. Ik ben tweeënveertig jaar, al meer dan zeven jaar weduwnaar, van beroep zakenman. Ik woon op de Keizersgracht 953. Ik ben de vriend van Gabriëlle van de Kraaienhoek en als ik mijn zaken aan het eind van het jaar goed heb geregeld, vraag ik haar ten huwelijk.'
De Cock lachte om het jeugdig enthousiasme van de man.
'En ik hoop oprecht dat zij onmiddellijk "ja" roept,' reageerde hij spontaan.
Felix de Waard trok een olijke grijns.
'Daar ga ik vanuit.'
'Voor de volledigheid,' zei De Cock toen, 'mijn naam is De Cock, met ceeooceekaa.' Hij werd nu serieus en wees naar de foto voor zich op zijn bureau.
'U hebt kennisgemaakt met Jean-Baptiste de Boyer?'
De Waard knikte.
'Nog voor ik Gabriëlle had ontmoet.'
De Cock fronste zijn wenkbrauwen.
'Waar was dat dan?'
'In de club.'
'Wat voor een club?'
'De club van de Gouden Harten.'
De Cock schoot in de lach.
'De Gouden Harten?'

De Waard knikte.
'Het is een vriendenclub die zich ten doel heeft gesteld fondsen te werven om goede doelen te steunen. Een idealistisch groepje dat probeert het goede in de mensen te ontdekken en dat te verheffen.'
'Gouden Harten?'
'Inderdaad. En ik heb mij door de doelstelling van de club laten verleiden en ben ooit lid geworden.'
'U bent dat nog?'
Het gezicht van Felix de Waard versomberde.
'Wie de jeugd heeft, heeft de toekomst. Onder dat motto liet men ook jonge mannen tot de club toe, zelfs tieners en soms nog jongeren. Ik vond dat geen goede ontwikkeling en heb de club verlaten.'
'Wat weet u van Jean-Baptiste?'
'Voor zover ik weet is hij nog steeds lid.'
De Cock keek hem onderzoekend aan.
'Wat denkt u van de verdwijning van Jean-Baptiste de Boyer?'
De Waard zuchtte.
'Jean-Baptiste is een nogal gesloten man. Het is moeilijk om een relatie met hem op te bouwen.'
'U had die wens?'
Om de lippen van De Waard krulde een grijns.
'Ik ontmoette Jean-Baptiste eens in gezelschap van Gabriëlle, zijn zuster.'
De Cock lachte meesmuilend en ging achterover zitten.
'Vanaf dat moment hebt u wat meer aandacht aan Jean-Baptiste geschonken.'
De Waard toonde een parelwit gebit.
'Het heeft zich geloond.'
De Cock spreidde zijn handen.
'Hebt u een verklaring voor het plotselinge verdwijnen van Jean-Baptiste?'
Felix de Waard wees naar de deur van de grote recherchekamer.
'Het was heel verstandig van u om Gabriëlle een poosje buiten te laten zitten. Ik had anders niet openhartig mijn mening kunnen geven... durven geven.'

De Cock keek hem scherp aan.
‘En wat is uw mening?’
Felix de Waard kneep even zijn lippen op elkaar.
‘Jean-Baptiste is vermoord.’

2

De Cock keek de man naast zijn bureau geschrokken aan.
'De vermiste Jean-Baptiste de Boyer is vermoord?'
Op dat moment kwam Vledder de recherchekamer weer in. Hij trok zijn wenkbrauwen hoog op bij wat hij hoorde.
Felix de Waard knikte naar De Cock.
'Dat geloof ik stellig. Om duidelijker te zijn: ik weet het wel zeker.'
De Cock trok zijn gezicht strak. Lichtelijk verstoord keek hij naar Vledder en weer terug naar De Waard.
'Een nogal boude bewering,' reageerde hij streng. 'Heer De Waard, ik neem aan dat u geen loze kreten slaakt. Dat zou in deze omstandigheden volkomen ongepast zijn.'
De oude rechercheur zweeg enige seconden.
Vledder begreep door de snelle blik van zijn oude collega dat hij beter wat langer weg had kunnen blijven. Hij sloop naar zijn bureau en luisterde gespannen naar het verdere verhoor.
'Uw bewering heeft een redelijke basis?' ging De Cock door.
De Waard knikte.
'Absoluut,' antwoordde hij rustig. 'Wat heeft het voor zin om nonsens uit te kramen. Ik ga ervan uit dat men Jean-Baptiste de Boyer heeft omgebracht en dat zijn lijk een dezer dagen wel ergens zal opduiken.'
De Cock keek hem scherp aan.
'Wie is "men"?'
De Waard haalde zijn schouders op en wuifde voor zich uit.
'Mensen van de club.'
De Cock snoof minachtend.
'Gouden Harten?'
'Precies. Mensen van de Gouden Harten.'
'Een vriendenclub,' sprak De Cock spottend, 'een idealistisch groepje dat probeert het goede in de mensen te ontdekken en dat te verheffen. Dat zijn, als ik mij goed herinner, uw woorden.'

De Waard schudde misnoegd zijn hoofd.
'Er zijn in de loop der tijd vreemde elementen in de club geslopen.'
De Cock keek hem schuins aan.
'Welke?'
De Waard keek om zich heen.
'Het werven van fondsen,' formuleerde hij toen voorzichtig, 'vereist een uiterst subtiele aanpak. Je moet mensen overtuigen van het belang van hun gift, hun het gevoel geven dat zij daarmee een God welgevallig werk doen.'
'En?'
'Wat bedoelt u?'
De Cock tikte met zijn vingers op zijn bureaublad.
'Er zijn in de loop der tijd elementen in de club geslopen, die de subtiele aanpak van het fondsen werven verstoren?'
Felix de Waard knikte.
'Dat bedoel ik, ja. Er zijn tegenwoordig leden van de club die niet meer om een gift vrágen.'
'Wat dan?'
'Ze éísen het.'
De Cock kneep zijn ogen halfdicht.
'Eisen het?' herhaalde hij.
De Waard knikte opnieuw.
'Zonder meer.'
'Hoe kunt u dat verklaren?' vroeg De Cock, waarbij hij even met een verbaasd gezicht naar Vledder keek.
De Waard zuchtte diep.
'Ik durf het haast niet te zeggen... chantage.'
'Chantage?' reageerde De Cock verrast.
'Pure chantage,' bevestigde Felix de Waard.
De Cock grijnsde.
'Hoe kun je nu,' vroeg hij ongelovig, 'op iemand die bereid is om geld voor een goed doel te schenken, chantage plegen?'
Felix de Waard toonde weer zijn parelwitte tanden.
'Door hem eerst in een positie te manoeuvreren waardoor hij chantabel wordt.'
De Cock boog zich iets naar hem toe.

'Hoe,' vroeg hij dwingend, 'hoe manoeuvreer je mensen zodanig dat zij chantabel worden? Welke praktijken worden daarvoor in de club toegepast?'
'Het is niet aan mij om daarover uitspraken te doen,' zei De Waard hoofdschuddend. 'Ik voel er niets voor om net als Jean-Baptiste te worden geliquideerd.'
'Daar bent u bang voor?'
'Als men erachter zou komen dat ik de bron ben, dat ik het was die hun praktijken in de openbaarheid bracht... dan is het gevaar voor liquidatie niet denkbeeldig.'
Om tijd te winnen en zijn gedachten te kunnen ordenen, streek de oude rechercheur langzaam met zijn pink over de rug van zijn neus.
'Was... eh, was Jean-Baptiste de Boyer,' vroeg hij voorzichtig, 'wellicht tegen de chantagepraktijken van de club en werd dat zijn ondergang?'
Felix de Waard schudde zijn hoofd.
'Ik geef geen antwoord op uw vraag,' reageerde hij strak, bijna nors. 'Als het lichaam van Jean-Baptiste uiteindelijk wordt gevonden en hij blijkt vermoord te zijn, dan wordt dat uw onderzoek. Dan is het aan u om het motief voor de moord te zoeken.'
'Van u kan ik verder geen medewerking meer verwachten?' sprak De Cock, die begreep dat De Waard zijn zegje had gedaan.
'Te gevaarlijk. Ik heb het leven nog te lief.'
De Waard stond op van zijn stoel en zonder een woord van afscheid liep hij bijna sluipend naar de deur van de grote recherchekamer.
De Cock kwam overeind. In een flits besloot hij om Felix de Waard terug te roepen... om uit hem te persen wat hij wilde weten, maar de woorden bleven in zijn keel steken. Traag zakte de oude rechercheur in zijn bureaustoel terug en krabde zich enige tijd achter in zijn nek. Daarna keek hij terneergeslagen op naar Vledder.
'Omina sunt aliquid.'
De jonge rechercheur likte aan zijn droog geworden lippen.
'Ik geloof waarachtig,' sprak hij ernstig, 'dat je gelijk krijgt. Jouw omen, jouw duistere voortekenen hebben je niet bedrogen.'

Toen na een aanvullende verklaring ook Gabriëlle van de Kraaienhoek uit de grote recherchekamer was verdwenen, schoof Vledder zijn computer iets opzij.
'Wat een verhaal, De Cock. Wat gaan we doen?' vroeg hij grijnzend. 'Zoeken we naar het lijk van Jean-Baptiste de Boyer?'
'Een onmogelijke opgave,' zei De Cock met een glimlach. 'Bovendien zinloos. We weten niet eens of Jean-Baptiste de Boyer werkelijk dood is. En waar moeten we zoeken? We kunnen moeilijk in al onze grachten gaan dreggen.'
Vledder grijnsde.
'En in het IJ.'
De Cock kauwde op zijn onderlip.
'Ik ben wel benieuwd naar wat er zich in de boezem van die Gouden Hartenclub afspeelt.'
'Felix de Waard sprak van chantage.'
'Maar hij gaf daar geen uitleg van,' vulde De Cock aan.
'Zou Felix de Waard werkelijk bang zijn om te worden geliquideerd?' vroeg Vledder met een vies gezicht.
De Cock tuitte zijn lippen.
'Als... als hij een tipje van die chantagesluier zou oplichten...'
Hij maakte zijn zin niet af.
'Geloof je dat?'
De Cock trok zijn schouders op.
'Ik ken de club van de Gouden Harten niet. Ik heb er geen begrip van welke verhoudingen daar heersen. Ik weet niet wie de scepter zwaait en hoe groot de macht van zo'n leider is. Het is wel vreemd dat een zakenman als Felix de Waard daarover zo terughoudend is.'
Vledder maakte met zijn vuisten bewegingen alsof hij tegen een boksbal sloeg.
'Je had De Waard over dat onderwerp wat feller moeten aanpakken.'
De Cock trok een bedenkelijk gezicht.
'Ik was ook wel van plan om hem door te zagen,' verdedigde hij zich, 'maar ik had het gevoel dat ik toch niet verder zou komen. Je kunt iemand niet dwingen opening van zaken te geven als hij dat niet wil. Je zag zelf dat hij niet van plan was meer te zeggen.'

'Klopt, maar het is wel jammer.'
De Cock plukte aan zijn neus.
'Wij hebben als rechercheurs zo onze beperkingen,' sprak hij grijnzend. 'En de tortuur* is al jaren geleden van ons menu geschrapt.'
'Huh, waar beginnen we dan?' reageerde Vledder ongeduldig. 'Of blijven we hier met de armen over elkaar zitten tot het lijk van Jean-Baptiste ergens opduikt?'
Het klonk spottend.
De Cock schudde zijn hoofd. 'Dick, ga jij eerst eens beneden naar de wachtcommandant en zet een uitgebreid signalement van Jean-Baptiste de Boyer op de telex.'
'Telex, ja hoor, en ik zal de postduiven op de Dam ook vragen het bericht rond te vliegen. De Cock, hadden we niet ook nog zoiets als ons intranet en voor de rest van de wereld internet? En zou ik dat niet hier, via mijn eigen computer kunnen doen?'
'Had je nog wat?' De Cock was geïrriteerd. Hij had sowieso een hekel aan vernieuwingen, en om daar door Vledder, zijn leerling, op gewezen te worden, ging hem te ver.
'Jij?' vroeg Vledder.
'Ja.' De Cock wees omhoog.
'Dan ga je boven naar de administratie en kijkt of daar iets bekend is van die Gouden Hartenclub. Het interesseert me waar en wanneer de leden van de club hun bijeenkomsten houden.'

Vledder kwam slungelig, met zwaaiende armen, in de recherchekamer terug.
'De Gouden Harten,' sprak hij met gespeelde somberheid, 'is bij ons in de administratie opgenomen als een stichting.'
'Wat voor stichting?' De Cock was nog steeds chagrijnig.
'Een stichting met als doelstelling geld in te zamelen om goede doelen te steunen.'
'Dat wisten we al,' klonk het kortaf.
Vledder maakte een hulpeloos gebaar.

* Martelingen om verdachten en getuigen tot spreken te dwingen.

'Meer hebben we niet, De Cock. Als plaats van vestiging staat het adres Brouwersgracht 713 vermeld. Maar we kennen geen leden en weten niet waar en wanneer er bijeenkomsten worden gehouden.'
'Is er iets bekend van malversaties of andere onregelmatigheden?'
'Niets. Sinds de oprichting van de club, nu negen jaar geleden, zijn er geen mutaties meer. Ik denk dat onze medewerkers daar nooit meer zijn gaan kijken... geen onderzoek hebben gedaan of er inderdaad goede doelen werden gesteund en op welke wijze de club aan fondsenwerving deed.'
De Cock maakte een schouderbeweging.
'Onze medewerkers zijn ook overbelast.'
Vledder steunde met gestrekte armen op zijn bureau. Hij zweeg een tijdje en schudde toen zijn gebogen hoofd.
'Ik krijg het idee dat sommige verenigingen voor goede doelen schimmige organisaties zijn.'
De Cock lachte kort.
'Laten ze het niet horen.'
Vledder hief zijn hoofd.
'Als die Gouden Hartenclub,' sprak hij ferm, 'inderdaad aanhoudend chantage pleegt om fondsen te werven, dan heb ik gelijk.'
'Dat hebben we nog niet bewezen.'
Vledder zuchtte.
'Ik voel dat er toch een luchtje zit aan die club.'
De Cock stond van zijn stoel op en liep naar de kapstok.
Vledder kwam hem na.
'Waar ga je heen?'
De Cock draaide zijn hoofd naar Vledder.
'Naar de Brouwersgracht... of denk je dat je de oplossing uit dat kastje op je bureau kunt halen, uit je in-ter-net...' Het klonk triomferend: hij stond quitte.

Vanuit de Warmoesstraat liepen ze naar de Oudebrugsteeg, staken de rijbaan van het Damrak over en sloften verder naar de Nieuwendijk.
De Cock gebaarde om zich heen.

'Het was hier op de Nieuwendijk vroeger altijd gezellig,' riep hij opgetogen. 'Een drukte van belang. Aan deze smalle straat waren wel vier bioscopen gevestigd en die werden alle vier 's middags en 's avonds druk bezocht.'
Vledder bromde. Hij voelde dat hij op het bureau te ver was gegaan tegen zijn oude collega. Maar hij kon het plagen niet laten.
'De mensen hoeven nu de straat niet meer op. Ze kunnen de films thuis op de televisie bekijken, zelfs op de computer.'
De Cock reageerde niet.
Aan het einde van de Nieuwendijk staken ze de brug over naar de Haarlemmerstraat. Langs het gebouw van de voormalige West-Indische Compagnie liepen ze naar de Herenmarkt.
De Cock duimde over zijn schouder.
'Hier lagen,' riep hij enthousiast, 'in 1628 de schatten opgeslagen van de Spaanse Zilvervloot van Piet Hein. Toen betekende ons land nog iets, we leefden in de Gouden Eeuw.'
Vledder snoof verachtelijk.
'Zonder AOW, geen WW en geen WAO. Alleen een kleine bevoorrechte groep mensen leefde in welstand.'
De Cock deed er het zwijgen toe. De oude rechercheur was een man vervuld van vaderlandsliefde, die het verleden altijd door een roze bril bekeek.
Vanaf de Herenmarkt sloften ze zwijgend naar de Brouwersgracht.
Nummer 713 was in het straatgedeelte waar vroegere pakhuizen waren omgebouwd tot appartementen. Naast een groengelakte toegangsdeur hing een koperen plaat met in verzonken zwarte letters *Gouden Harten.*
De Cock voelde aan de zware deurknop en keek naar Vledder.
'Op slot. Ik zie ook geen deurbel.'
De oude rechercheur tastte in de zak van zijn regenjas naar het apparaatje dat hij eens van zijn vriend en voormalig inbreker Handige Henkie had gekregen toen die zich tot het smalle pad der deugd bekeerde.
Vledder zag zijn bewegingen.
'Je gebruikt het niet,' siste hij tussen zijn tanden. 'Stel dat er criminelen tot die club van Gouden Harten behoren, lui die tot

liquidatiemoorden in staat zijn, dan krijgen we daar groot gelazer mee. Het is midden op de dag. Iedereen kan ons zien.'
De Cock keek onbewogen naar hem op, bestudeerde het apparaatje en koos met kennersblik uit het koperen houdertje de juiste sleutelbaard. In luttele seconden had hij de zware deur ontsloten. Met zijn knie drukte hij die verder open en ging naar binnen.
Vledder volgde met een bevend hart en duwde de deur snel achter zich dicht.
Het was aardedonker. Nergens was een raam. De Cock pakte zijn zaklantaarn en knipte die aan. De ovale lichtbundel voor hem bescheen drie deuren. De Cock koos voor de middelste.
Die deur leidde van de hal naar een vrij brede ruimte, waar rijen stoelen spookachtig opdoemden uit de duisternis; ze leken te bewegen doordat De Cock met zijn zaklantaarn in het rond scheen.
Ook hier was geen enkel raam waardoor het daglicht naar binnen kon dringen.
De Cock draaide zich al schijnend om naar Vledder.
'In dit zaaltje worden kennelijk de bijeenkomsten van de club gehouden. Daar in het midden staat een katheder met een microfoon.'
Vledder zuchtte.
'Laten we in hemelsnaam teruggaan en de deur achter ons sluiten. Het lijkt mij geen goed idee om hier onbevoegd rond te struinen.'
De Cock draaide zich weer terug en liep rustig door de ruimte. Hij liet het licht van zijn zaklantaarn langs de rijen stoelen en de muren glijden.
Vledder liep onwillig achter hem aan.
'Wat zoek je?'
'Aanwijzingen.'
'Waarvoor?'
'Hier moet toch ergens een vertrek zijn waar kantoor wordt gehouden... waar ze hun ledenbestand en andere administratie bijhouden.'
Het geluid van zijn stem klonk hol in de donkere ruimte.

‘Misschien is dat niet hier. Misschien worden hier alleen bijeenkomsten gehouden.’ Vledder hoopte dat ze snel zouden vertrekken uit deze sinistere zaal.
‘Dat geloof ik niet.’
De oude rechercheur liep verder met zijn zaklantaarn de ruimte in. Achter de katheder hing een zwart gordijn. Hij schoof het opzij en ontdekte een dichte deur. Opnieuw pakte hij zijn inbrekersapparaatje en zocht de juiste sleutelbaard. Toen hij de deur had ontsloten duwde hij die met zijn knie verder open. Het licht van zijn zaklantaarn gleed over kasten en computers.
Ineens deinsde de grijze speurder geschrokken achteruit. Het ovaal van zijn zaklantaarn hield het lichaam van een man gevangen. Hij lag op zijn buik. Zijn benen iets uit elkaar. De rechterarm stak naar voren met de palm van de hand omhoog. In de rug tussen de schouderbladen stak tot aan het heft een slanke stiletto.
De Cock hurkte bij de man neer. In de palm van zijn rechterhand ontdekte hij een kleine rood plastic hartje.
Vledder ademde in zijn nek.
‘Probeer eens in zijn gezicht te schijnen.’
De Cock hield de zaklamp op de grond en bescheen het gezicht van de man.
Vledder bukte zich en hijgde. ‘Het is Jean-Baptiste de Boyer.’
De Cock knikte.
‘Geliquideerd.’

3

De Cock voelde met de rug van zijn hand aan de wang van de dode man. Daarna betastte hij de kin. Toen bekeek hij de stiletto zorgvuldig. Hij kende het wapen en schatte dat het staal zeventien centimeter in het lichaam van het slachtoffer was binnengedrongen. Na zijn onderzoek kwam hij omhoog, waarbij zijn oude knieën kraakten. Hij keek naar Vledder, die nog op zijn hurken zat.
'Zijn lichaam voelt erg koud aan,' gaf hij weer, 'en het is al enige tijd over de periode van de lijkstijfheid heen. Volgens mij ligt Jean-Baptiste de Boyer hier al enkele dagen op zijn dode buik.'
Vledder zuchtte.
'Iemand moet hem naar hier hebben gelokt en hem ter plekke hebben vermoord.'
De Cock knikte.
'Iemand die beschikt over de sleutels van de toegangsdeur en de deur van het kantoor.'
Vledder boog zich over de uitgestoken rechterhand met daarin het rode plastic hartje.
'Zie je dat er een klein gaatje in zit? Zou Jean-Baptiste de Boyer dat rode hartje bij zich hebben gehad toen hij hier kwam of heeft de moordenaar het hartje later in zijn hand gedrukt? Wat kan het betekenen?'
De Cock trok zijn schouders op.
'Moordenaars omgeven hun daad vaak met vreemde rituelen en fantasieën. Denk maar eens aan de man die op de revers van zijn slachtoffers een receptenbriefje prikte met een wraakzuchtige tekst.'*
Vledder gebaarde om zich heen.
'Hoe nu verder?'

* Zie: *De Cock en een recept voor moord.*

‘Wat bedoel je nou met hoe nu verder?’ sprak De Cock kribbig.
‘Waarschuwen we de meute?’
De Cock keek hem verwonderd aan.
‘Natuurlijk waarschuwen we de meute.’
Vledder wees naar de deur van het kantoor.
‘En hoe verklaren wij onze aanwezigheid hier.’
De Cock grijnsde.
‘Baart jou dat zorgen?’
Vledder knikte.
‘We krijgen door dat vervloekte apparaatje van jou nog eens de grootste moeilijkheden. Het is pure huis- of lokaalvredebreuk wat wij hier doen.’
‘Hou toch op, Dick. Het is helemaal geen breuk. Let wel, wij waren op zoek naar de vermiste Jean-Baptiste de Boyer en we wisten dat hij aan deze club was verbonden. Dus gingen we adequaat op onderzoek uit en vonden hier de deuren uitnodigend open.’
Vledder maakte een wegwerpgebaar.
‘En dat gelooft men?’
De Cock gniffelde.
‘Er blijft voor anderen geen ruimte om iets anders te geloven. Je moet in dit soort zaken leren liegen met het gemak waarmee een doortrapte crimineel de eed aflegt.’
Vledder lachte droog. ‘Is dat geen belediging van de dierbare en door onze overheid zo geliefde zondebokken? En hoe denk jij over onze ambtseed?’
De Cock grinnikte.
‘Welke waarde heeft de eed nog voor de mensen, laat staan de criminelen onder ons. Twee vingers van je rechterhand omhoog en *Zo waarlijk helpe mij God Almachtig.* Voor hen een spreuk zonder inhoud. Die luitjes geloven in God noch gebod.’
‘Draaideurcriminelen,’ zei Vledder. ‘Ik zou wel eens willen weten welke journalist deze term voor het eerst heeft gebruikt. Er komen er steeds...’
De jonge rechercheur stokte. Plotseling baadde de kantoorruimte in het volle licht.
Het gezicht van De Cock betrok.

'Er is iemand dit pand binnengekomen,' zei hij zacht. Hij nam Vledder bij de arm en leidde hem met zijn rug naar de muur aan de scharnierzijde van de deur. 'De indringer,' fluisterde hij, 'zal wel naar het kantoor komen.'
'Hoe durf jij,' fluisterde Vledder, 'het woord indringer te gebruiken.' Hij snoof.
De Cock reageerde niet. Met zijn scherpe gehoor analyseerde hij de naderende voetstappen.
'Het is een man,' sprak hij zacht, 'zwaargebouwd, en hij draagt schoenen met leren zolen.'
Na enkele seconden ging de deur naast de rechercheurs open en de rug van een man met een imposant figuur stapte het vertrek binnen. Hij slofte naar het slachtoffer op de vloer.
Te oordelen naar zijn houding, toonde de man bij het zien van het lijk op de vloer geen emoties. Hij boog zich over het slachtoffer.
Toen De Cock zag dat de man reikte naar de hand van het slachtoffer met daarin het rode plastic hartje, deed hij een stap naar voren.
'Blijf van dat lijk af,' brulde hij.
De man draaide zich geschrokken om. Zijn gezicht zag bleek en zijn grove handen trilden. Hij keek van De Cock naar Vledder en terug.
'Wie... eh, wie zijn jullie,' stamelde hij.
De Cock liep nog een stap dichter naar hem toe en monsterde de indrukwekkende gestalte. Hij schatte de man op een jaar of veertig. Hij had een breed gezicht met hoog oplopende jukbeenderen, waarachter zijn ogen nauwelijks zichtbaar waren. Rondom zijn mond en kin had hij een onverzorgde grauwe baard van wel vier centimeter lang. Het versleten kostuum dat hij droeg, slobberde om zijn omvangrijke lijf.
De oude rechercheur grijnsde breed.
'Mijn naam is De Cock met... eh, met ceeooceekaa,' introduceerde hij zich. Hij duimde over zijn schouder. 'Dat is mijn collega Vledder. We zijn als rechercheurs verbonden aan het politiebureau in de Warmoesstraat.'
De man slikte.

'Recherche?'
De Cock knikte. 'En u bent...'
De man antwoordde niet direct. Het duurde enige tijd voor hij zijn schrik weer enigszins te boven was.
'Ik... eh, mijn naam is Spencer... Julius Spencer,' sprak hij hakkelend. 'Ik ben de leider van deze club hier... directeur van de Stichting Gouden Harten.'
De Cock wees naar het slachtoffer op de vloer.
'Kent u die man?'
Spencer knikte.
'Jean-Baptiste de Boyer, lid van onze club en een van onze ijverigste medewerkers.'
De Cock glimlachte.
'U bedoelt dat hij veel geld voor de stichting vergaarde?'
Spencer knikte overtuigend.
'Een absolute topper.'
De Cock gebaarde opnieuw naar het lijk op de vloer.
'Volgens mijn overtuiging ligt het slachtoffer al enige dagen hier in het kantoor en niemand van uw club heeft deze moord nog bij ons gemeld. Volgens zijn zuster, die bij ons aangifte deed, wordt Jean-Baptiste de Boyer al vier dagen vermist.'
Spencer keek van De Cock naar Vledder en terug voordat hij onwillig begon te praten.
'Eenmaal per week houden wij een bijeenkomst van alle leden. De volgende bijeenkomst is morgenmiddag om twee uur. Ik ben hier vandaag gekomen om die bijeenkomst van morgen voor te bereiden.'
'En tussen die wekelijkse bijeenkomsten in heeft niemand hier toegang?' vroeg De Cock streng.
Julius Spencer maakte een hulpeloos gebaar.
'Wat heeft iemand hier in die tussentijd te zoeken?'
'U bent hoofd van de organisatie,' riep De Cock met enige verwondering. 'U moet toch weten of er hier tussen de bijeenkomsten in mensen op bezoek komen, en wie dat zijn!'
Spencer zuchtte.
'We doen bij ons helemaal niet geheimzinnig. Elke lid van onze organisatie heeft een sleutel en kan hier op bezoek komen wan-

neer hij dat wil. Ook dit kantoor hier is voor eenieder toegankelijk.'
'Waarom?'
'Om moeilijkheden tussen onze leden te voorkomen.'
'Hoezo?'
'Wanneer er een nieuwe sponsor of donor wordt bewerkt, dan moet ieder lid van de club dat kunnen weten. Het is in onze administratie terug te vinden. Uit voorzorg. Twee mensen op hetzelfde project, dat werkt niet.'
De Cock keek de man strak aan.
'Hebt u de moord op Jean-Baptiste de Boyer voorzien?'
Spencer schudde zijn hoofd.
'Absoluut niet. Zeker niet op iemand uit onze kring. Wanneer ik had geweten dat er onder de leden iets speelde, dan had ik maatregelen genomen.'
De Cock boog zich iets naar hem toe.
'Hebt u geen enkel idee waarom Jean-Baptiste de Boyer hier in het kantoor van de Stichting Gouden Harten op zo'n brute wijze van het leven is beroofd? Het doet bepaald niet denken aan een daad uit een gouden hart.'
Spencer boog zijn hoofd.
'Mijn vader was een Engelsman en mijn moeder een Hollandse. Daardoor beheers ik zowel het Nederlands als het Engels. In Londen heb ik enige tijd bij een soortgelijke organisatie als de Gouden Harten gewerkt. Fondsen werven voor goede doelen. Die organisatie heb ik met succes geleid en daar hebben we ook eens met een moord te maken gehad.'
'Die moord is opgelost?' Er klonk achterdocht in de stem van De Cock.
Julius Spencer knikte.
'Wat was het motief?' vroeg De Cock, terwijl hij langs de man heen keek naar de dode op de grond.
Spencer grijnsde.
'Rivaliteit.'

Bram van Wielingen kwam met dreunende tred het kantoor binnen.

De Cock wenkte Vledder.
'Neem jij de heer Spencer zolang mee naar de zaal en vraag hem verder naar bijzonderheden over die moord uit rivaliteit in Londen.'
Toen Vledder met Spencer het kantoor had verlaten, keek Bram van Wielingen De Cock lachend aan.
'Dat heb ik volgens mij nog niet eerder meegemaakt met jou,' sprak hij jolig.
'Wat?'
De fotograaf grijnsde breed.
'Een moord vóór lunchtijd. Meestal laat je mij midden in de nacht opdraven.' Hij zette zijn aluminium koffertje in een bureaustoel. 'Wat zijn hier de problemen?' vroeg hij opgewekt.
De Cock wees naar het lijk op de vloer.
'Morsdood, en volgens mij al enkele dagen,' zei hij stuurs.
Van Wielingen blikte om zich heen.
'Hebben Vledder en jij hem hier ontdekt?'
De Cock knikte.
'Zijn zuster deed aangifte van vermissing. Ze vertelde dat haar broer, Jean-Baptiste de Boyer, lid was van de club. Toen zijn we gaan kijken.'
'Wat is dat voor een club?'
De Cock grijnsde.
'Stichting Gouden Harten. De mensen van deze club pretenderen een gouden hart te hebben en zijn ook steeds op zoek naar andere mensen met een gouden hart om hen te bewegen giften af te staan voor goede doelen.'
Van Wielingen gromde. Hij wees naar het slachtoffer op de vloer.
'De man die deze stiletto hanteerde had zeker een kleine hartafwijking,' sprak hij spottend.
Ondertussen pakte de fotograaf zijn fraaie Hasselblad uit het aluminium koffertje en monteerde een flitslicht. 'Heb je nog bijzonder wensen?'
De Cock knikte.
'Let op dat plastic hartje in de rechterhand van het slachtoffer, dat wil ik graag haarscherp in beeld. Verder een paar foto's van het kantoor en een prent van het hele pand.'

De oude rechercheur draaide zich om. In de deuropening van het kantoor stond dokter Den Koninghe. Achter hem torenden twee broeders van de Geneeskundige Dienst met hun onafscheidelijke brancard.
De Cock liep op de dokter toe. De grijze speurder koesterde sinds lang een bijzondere genegenheid voor de excentrieke lijkschouwer met zijn ouderwetse grijze slobkousen onder een deftige streepjesbroek, zijn stemmig zwarte jacquet en zijn verfomfaaide groen uitgeslagen garibaldihoed. Ze liepen allebei tegen hun pensioen.
'Alles goed?' vroeg hij belangstellend.
Dokter Den Koninghe bromde wat en wees naar de dode op de vloer.
'Maar met hem niet, zo te zien,' sprak hij hoofdschuddend.
De Cock onderdrukte een glimlach.
De oude lijkschouwer trok de pijpen van zijn pantalon aan de vouw iets omhoog en hurkte bij de dode neer. Hij bezag de plek en de stand van de stiletto en bevoelde, net als De Cock dat eerder had gedaan, de wang en de kin van het slachtoffer.
Al snel kwam de lijkschouwer omhoog. Hij steunde en zijn oude knieën kraakten. Met precieze bewegingen nam hij zijn bril af, pakte de witzijden pochet uit het borstzakje van zijn jacquet en poetste de glazen. De Cock kende de bewegingen en wachtte gelaten.
De oude dokter wees met de pochet in zijn hand naar de stiletto.
'Een toevalstreffer?'
'Hoezo?'
'Het valt niet mee om langs de schouderbladen en precies tussen de ribben door het hart te raken.'
'Dat is gebeurd?'
De oude lijkschouwer knikte. Hij wees nog eens naar het slachtoffer.
'Hij is dood,' sprak hij laconiek.
'Dat begreep ik,' reageerde De Cock simpel. 'Inwendige bloedingen?'
'Precies.'

'Hoelang is hij dood?'
'Al enige dagen.'
'Is daar iets naders van te zeggen? Drie, of vier dagen?'
De lijkschouwer knikte.
'Zo ongeveer.'
Hij zette zijn bril weer op en plooide zijn pochet terug in het borstzakje van zijn jacquet.
'De *rigor mortis*... de lijkstijfheid, is geheel verdwenen. Zelfs aan de kaak. Lijkstijfheid verdwijnt meestal na de derde dag.'
De lijkschouwer lichtte tot afscheid zijn hoed, draaide zich om en liep met afgemeten passen het kantoor uit.
De Cock keek hem na. Daarna wendde hij zich tot de fotograaf, die zijn fraaie Hasselblad behoedzaam in het koffertje terug-legde.
'Ben je klaar?'
Van Wielingen knikte.
'Ik heb alles. Ook die hand met het rode hartje. Je hebt de plaatjes zo snel mogelijk op je bureau. Ik stuur ook Ben Kreuger, onze dactyloscoop, naar je toe.'
Bram van Wielingen nam afscheid en De Cock wenkte de broeders naderbij.
'Laat hem op zijn buik liggen. Dokter Rusteloos wil niet dat die wond in zijn rug wordt beschadigd. Ik heb daarover al eens ruzie met hem gehad.'
De broeders drapeerden een laken over de dode. De canvas flappen lieten ze hangen. Zacht wiegend droegen ze hem het kantoor uit. De Cock keek ze na. Het tentje midden op de rug van het slachtoffer vond hij een komisch gezicht.
Vledder stond ineens naast hem.
'Ik heb Julius Spencer naar huis laten gaan. Ik heb zijn adres en telefoonnummer. Hij is bereid om direct te komen als wij hem oproepen.'
'Had hij nog bijzonderheden over die moord in Londen?'
'Ja zeker, en hij had ook een mening over deze moord op Jean-Baptiste.'
De jonge rechercheur liet zijn hoofd iets hangen en keek schuins op naar De Cock.

'Maar nu, hoe vertellen we Gabriëlle van de Kraaienhoek wat er met haar broer is gebeurd?'
De Cock keek opzij met een gemaakt verbaasde blik.
'Hoe?'
'Ja.'
'In begrijpelijk Nederlands.'

Nadat De Cock op zijn eigen wijze het pand had afgesloten, sloften Vledder en hij op hun gemak terug naar de Kit.
Vledder regelde zijn passen naar de slenterende gang van De Cock. Hij glimlachte.
'Een aardige vent, die Julius Spencer. Hij vertelde dat hij er opzettelijk altijd een beetje slonzig bijloopt. Mensen die hun milde gaven aan de stichting hebben overgemaakt, moeten vooral niet de indruk krijgen dat er iets in zijn zakken verdwijnt.'
De Cock keek hem van opzij aan.
'Wat vertelde hij over die Londense zaak?'
Vledder lachte.
'Spencer zei dat de beroemde Scotland Yard in Londen aanvankelijk een puinhoop van het onderzoek had gemaakt. Volgens Spencer is hij de man geweest die Scotland Yard uiteindelijk op het juiste spoor bracht.'
'Hoe?'
'Door in zijn administratie te duiken.'
'Waarom dacht hij de oplossing daar te vinden?'
'Spencer ging ervan uit dat de moord uit rivaliteit was gepleegd.'
'Hoe kwam hij op dat idee?'
Vledder vertelde verder.
'Spencer vond in de administratie van zijn instelling de naam van een man die in het verleden een paar maal onenigheid met het slachtoffer had gehad. Het bleek dat Spencer een rivaal van de vermoorde man was. Spencer gaf de naam van die rivaal aan Scotland Yard door. Toen die hun aandacht op de man richtten, leidde dat tot een bekentenis.'
De jonge rechercheur stootte De Cock met zijn elleboog aan.
'Zal ik jou iets opvallends vertellen?'

'Graag.'
'Weet jij wie volgens Julius Spencer de grootste rivaal van Jean-Baptiste de Boyer was voor hij de organisatie verliet?'
'Nou?'
'Felix de Waard.'

4

Toen De Cock en Vledder na hun korte wandeling vanaf de Brouwersgracht de hal van het politiebureau aan de Warmoesstraat binnenstapten, wenkte Jan Rozenbrand vanachter de balie met een kromme vinger naar De Cock.
De oude rechercheur liep traag en hoofdschuddend op hem toe.
'We komen net van een afschuwelijke moord vandaan en ik heb een eind gelopen,' sprak hij zuchtend. 'Je hebt hopelijk toch niet weer iets gruwelijks voor ons in petto?'
De wachtcommandant lachte.
'Wat doe je zielig; zo'n stukje lopen,' grinnikte hij. 'Het is niet alarmerend, denk ik.' Hij wees omhoog. 'Boven zit een man op je te wachten. Hij kwam nog geen vijf minuten geleden nogal ontdaan het bureau binnen en vroeg naar jou.'
'Wat moest die?'
'Ik zei dat je er niet was, dat je ergens op onderzoek was. De man ging niet weg. Hij bleef aarzelend voor me staan. "Dan blijf ik boven op de bank wel op hem zitten wachten", zei hij.'
'Zo, zei hij dat?'
Jan Rozenbrand knikte gniffelend.
'Blijkbaar een oude bekende van je, iemand die bij ons inmiddels de weg weet.'
'De Amsterdamse politie,' sprak De Cock instemmend, 'heeft aan de Warmoesstraat een gastvrij bureau.' Hij draaide zich om en besteeg opmerkelijk kwiek de stenen trappen naar de tweede etage. Vledder volgde lichtvoetig, maar hij begreep dat er voor hem weer eens geen lunchtijd in zat.
Tot zijn verwondering trof de grijze speurder op de bank boven bij de grote recherchekamer de heer Felix de Waard. Toen die De Cock in het oog kreeg kwam hij van de bank overeind en deed een stap naar voren.
'Hij is dood!' riep hij ontdaan. 'Wat heb ik gezegd? Hij is toch dood. Vermoord!'

De Cock veinsde onbegrip.
'Over wie hebt u het?'
De Waard gesticuleerde heftig.
'Jean-Baptiste de Boyer, de broer van Gabriëlle.'
De Cock trok een denkrimpel in zijn voorhoofd.
'Hoe weet u dat?'
De Waard zuchtte.
'Ik ben gebeld.'
'Door wie?'
'Julius Spencer, de huidige directeur van de Gouden Harten.'
De Cock reageerde verwonderd.
'Waarom belt hij u? U bent toch al jaren geen lid meer van de Gouden Harten?'
De Cock wachtte het antwoord niet af. Hij deed de deur van de recherchekamer open en begeleidde Felix de Waard naar de stoel naast zijn bureau. Met zijn regenjas nog aan ging De Cock achter zijn bureau zitten.
'Waarom,' herhaalde hij dwingend, 'belde Julius Spencer juist u?'
De Waard boog zijn hoofd.
'Om mij te waarschuwen.'
De Cock spreidde zijn handen.
'Voor wie... voor wat?'
'Julius Spencer vertelde dat Jean-Baptiste dood op de vloer van het kantoor aan de Brouwersgracht was gevonden. Hij lag op zijn buik, met een mes in zijn rug. Tijdens een daaropvolgend verhoor door uw jonge collega-rechercheur had Spencer mijn naam genoemd als een rivaal van Jean-Baptiste.'
De Cock knikte.
'Dat klopt.'
Felix de Waard verschoof iets op zijn stoel.
'Spencer liet tijdens het telefoongesprek doorschemeren dat hij verwachtte dat ik in zake de gruwelijke moord op Jean-Baptiste een dezer dagen wel door de recherche zou worden benaderd.'
De Cock keek hem verwonderd aan.
'En daarvoor waarschuwde hij u?'
'Ik denk,' zei De Waard, 'dat het zijn bedoeling was dat ik mij op uw komst zou kunnen voorbereiden.'

De Cock trok zijn gezicht strak.
'Hij bedoelde dat u zich op uw verdediging zou kunnen voorbereiden.'
'Precies.'
'Wás u een rivaal van Jean-Baptiste?' vroeg Vledder, die vond dat De Cock hem bij het verhoor buitensloot.
Felix de Waard keek hem aan en gebaarde achteloos.
'Wij waren allebei erg succesvol. Ik verwierf mijn fondsen bij de zakenlieden die ik kende. Bij welke groep Jean-Baptiste zijn successen boekte, weet ik niet. Ik heb mij daar ook niet in verdiept. Met het begrip rivaliteit heb ik mij nooit beziggehouden.'
De Cock grijnsde in de richting van Vledder, die hem een korte brede grijns teruggaf voor hij zich weer tot Felix de Waard wendde.
'Julius Spencer hecht daar wel belang aan. Anders had hij u niet gebeld.'
'Dat houdt volgens mij verband met een oude moordzaak uit de tijd dat hij in Londen werkte. Uit het feit dat ik mij veel met Jean-Baptiste bezighield, meende hij te moeten opmaken dat ik dat uit rivaliteit deed, om erachter te komen hoe hij aan zijn donoren kwam.'
Vledder vond het wat temerig klinken.
De Waard lachte weer zijn fraaie tanden bloot.
'U weet met welke bedoelingen ik interesse toonde in de persoon Jean-Baptiste de Boyer?'
De Cock glimlachte.
'Noem het een amoureuze omweg.'
'Juist.'
De Cock fronste zijn wenkbrauwen en rechtte zijn rug.
'Waarom was u er vanmorgen zo zeker van dat Jean-Baptiste was vermoord?' vroeg hij op een heel andere toon.
'Ik heb u toen al duidelijk gemaakt dat ik daar verder niet over wil uitweiden,' was het snelle antwoord van Felix de Waard.
De Cock keek hem schuins aan.
'Onze verhouding,' sprak hij traag, 'is niet meer hetzelfde als vanmorgen.'

'Hoezo?'
'Een moord op Jean-Baptiste de Boyer was vanmorgen voor mij een veronderstelling... een mogelijke verklaring voor zijn vermissing.'
De Waard keek hem vragend aan.
'En nu?'
De Cock spreidde zijn handen.
'Nu is moord een voldongen feit. En op mij rust de taak om de moordenaar van Jean-Baptiste de Boyer te ontmaskeren en het motief voor die moord te achterhalen.'
'Dat is me duidelijk,' antwoordde De Waard.
De Cock strekte zijn wijsvinger naar hem uit.
'U hebt vanmorgen blijk gegeven de achtergronden van die moord te kennen of te vermoeden. Als u blijft weigeren om mij die achtergronden of vermoedens te openbaren, zal ik genoodzaakt zijn dat aan onze officier van justitie te melden. Mogelijk dat hij u dan door de rechter-commissaris laat verhoren.'
Felix de Waard haalde zijn schouders op.
'Ik heb mij van de club van de Gouden Harten gedistantieerd,' sprak hij grimmig, 'en ik heb u geopenbaard waarom.'
'Toen ook jongeren toegang kregen tot de club.' De Cock lette scherp op de reactie die deze opmerking bij De Waard teweeg zou brengen.
'Ik wil niets meer te maken hebben met die hele club,' zei De Waard beslist. 'Ik wil absoluut niet dat mijn naam in deze affaire wordt genoemd. Het is ook mijn uitdrukkelijke wens dat mijn naam in geen enkel proces-verbaal van u over de moord op Jean-Baptiste de Boyer voorkomt.'
De Cock boog zich iets naar hem toe.
'Wees dan wat openhartiger,' probeerde hij het vriendelijk.
De Waard wreef over zijn voorhoofd.
'Ik loop hiermee een zeker risico. Maar gaat u eens praten met Edward van Ravensburg.'
De Cock maakte een schouderbeweging.
'Wie mag Edward van Ravensburg dan wel zijn?' vroeg hij nonchalant.
De Waard zuchtte.

‘Hij was betrokken bij een fraudezaak. Hij heeft grote bedragen van de Stichting Gouden Harten op een rekening laten storten waarover hij zelf het beheer had. Hoeveel geld hij uiteindelijk heeft verduisterd, is nooit geheel duidelijk geworden.’
De Cock keek hem schuins aan, maar voor hij iets kon zeggen, vroeg Vledder:
‘Wat is er met die fraudezaak gebeurd?’
De Waard keek hem aan.
‘Die is nooit in de openbaarheid gekomen.’
‘Dus geen aangifte, geen strafzaak, geen processen-verbaal met verklaringen,’ reageerde De Cock, die het verhoor toch liever zelf deed.
De Waard schudde zijn hoofd.
‘Alles is onder de dekmantel van de Stichting Gouden Harten gebleven.’
De Cock grijnsde.
‘Als ik u als mijn bron van informatie niet kan, niet mag noemen, met wat voor motieven benader ik dan die Edward van Ravensburg?’
‘Geen idee,’ zei De Waard schouderophalend.
De Cock plukte aan zijn neus.
‘Ik kan een gesprek met Edward van Ravensburg,’ sprak hij quasi-grappend, ‘openen met de kreet die ik vroeger wel eens gebruikte: *mij is ter ore gekomen... mij is ter ore gekomen dat u bij de Stichting Gouden Harten in een fraudezaak gewikkeld bent geweest.’*
‘Mooi,’ antwoordde De Waard. ‘Dat zou naar mijn idee een prachtige opening kunnen zijn.’
Hij had niet in de gaten dat De Cock absoluut geen grapje maakte.
De Cock wreef over zijn kin.
‘Maar als Van Ravensburg mij daarop fijntjes vraagt naar welke mond ik heb geluisterd, dan is dat voor mij einde verhaal. Dan kan ik gewoon niet verder.’
‘U maakt het mij lastig,’ sprak De Waard kleintjes.
De Cock snoof.
‘Daar word ik voor betaald.’

Felix de Waard stond op van zijn stoel en maakte aanstalten om te vertrekken.
'Ik raad u aan om eens flink rond te pluizen in de computer van Jean-Baptiste de Boyer, bij hem thuis.'
'En?'
'Dan komt u die fraudezaak van Edward van Ravensburg beslist tegen.'
'Een bestand over fraude bij de Stichting Gouden Harten?'
'Zoiets.'
De Cock trok een denkrimpel in zijn voorhoofd.
'Bestaat er volgens u,' formuleerde hij voorzichtig, 'enig verband tussen de fraudezaak van Edward van Ravensburg en de moord op Jean-Baptiste de Boyer?'
Felix de Waard knikte.
'Dat vermoed ik.'
'Waarom?'
'Omdat ook de naam van Jean-Baptiste de Boyer destijds in die fraudezaak werd genoemd.'

Toen Felix de Waard uit de recherchekamer was vertrokken, kwam Vledder overeind. Hij pakte de stoel naast het bureau van De Cock, draaide die om en ging er achterstevoren op zitten. Zijn armen steunend op de rugleuning.
'De Cock,' sprak hij met ingehouden ergernis, 'je bent weer eens lekker in je eentje bezig geweest. Ik zit erbij voor Piet Snot. En toen die vent over computers begon... wat weet jij nou helemaal van computers.'
'Ik weet het, Dick. Ingesleten gewoontes sla je er bij mij niet uit. Laat mij nou maar, die paar jaar die ik nog bij de politie heb. Denk niet dat ik je niet begrijp. Ik was vroeger precies zo.'
'Oké,' verzuchtte Vledder. 'Die De Waard, je moest hem voortdurend onder druk zetten om iets uit hem te krijgen.'
De Cock knikte traag.
'Felix de Waard is bang voor zijn hachje. Hij is bang dat zijn leven gevaar loopt. Zo denk ik erover. Hij wil niet het risico lopen om geliquideerd te worden.'
Vledder maakte een wegwerpgebaar.

'Ik begrijp het niet. Uit welke richting moet voor hem dat gevaar dan komen?'
'Luister, Dick. Het is helemaal niet denkbeeldig,' formuleerde De Cock zorgvuldig, 'dat destijds bij het besluit om die omvangrijke fraudezaak binnenskamers te houden, de afspraak is gemaakt dat eenieder die iets in de openbaarheid bracht, erop kon rekenen geliquideerd te worden.'
'Dergelijke afspraken kan je toch niet maken?' zei Vledder. 'Niet in deze tijd. Eigen rechter spelen, dat is barbaars.'
De Cock zuchtte diep.
'En ik ben ervan overtuigd dat in onze tijd barbaarse gebruiken uit een ver verleden nog worden toegepast. Dat leeft gewoon voort. Zwijgplicht met strafbedreiging is er altijd geweest. In vele culturen.'
Vledder grinnikte vreugdeloos.
'Je kunt toch moeilijk iemand ombrengen omdat hij zijn bek niet houdt?'
De Cock spreidde zijn handen.
'Sommige belangen wegen zwaar. Daarbij telt een mensenleven vaak niet.'
Vledder snoof.
'Jij bent een cynische oude man.'
De Cock schudde zijn hoofd.
'Ik ben niet cynisch, maar een realist... een oude rechercheur die ambtelijk al vele jaren in de duistere krochten van de menselijke ziel heeft moeten kruipen om iets van de beweegredenen van de mens te ontdekken.'
Vledder keek zijn collega onderzoekend aan.
'Word ik,' vroeg hij benepen, 'over twintig, dertig jaar net als jij? Denk ik dan volgens hetzelfde stramien?'
'Laten we het hopen.'
'Moge God dat verhoeden!' snoof Vledder.
De Cock lachte hartelijk.
'Laat Onze-Lieve-Heer erbuiten.'
Er werd op de deur geklopt. Vledder stond op, zette zijn stoel weer recht en ging achter zijn bureau zitten. Toen er voor de tweede keer werd geklopt, riep hij: 'Binnen!'

Het klonk onvriendelijk.
De deur werd geopend en op de drempel verscheen de gestalte van een corpulente man met een rond gezicht. De Cock schatte hem op midden veertig. Hij droeg een groene trenchcoat waarop regendruppels parelden. In een wat slepende tred liep hij op de rechercheurs toe.
'Wie van u is rechercheur De Cock?'
De grijze speurder stak de wijsvinger van zijn rechterhand omhoog en schonk de man een beminnelijke glimlach.
'De Cock, met ceeooceekaa,' sprak hij als een jongetje in de klas dat het goede antwoord geeft. En in een automatisme maakte hij een joviaal gebaar voor zich uit. 'En dat is mijn collega Vledder.'
De man wees naar de stoel naast het bureau van De Cock.
'Mag ik daar gaan zitten?'
De oude rechercheur knikte.
'Als het u belieft,' antwoordde hij vormelijk.
De man nam plaats. De Cock liet zijn blik over hem dwalen, bezag zijn diepliggende grijsgroene ogen, het gladgekamde geelblonde haar, de onderkin en de nek met diepe vetplooien.
'Regent het?' vroeg hij overbodig.
'Dat mag je wel zeggen,' mopperde de man.
De Cock knikte glimlachend.
'Wij hebben ons aan u voorgesteld, eh...'
De man verschoof iets op zijn stoel.
'Neem mij niet kwalijk,' sprak hij verontschuldigend. 'Mijn naam is Verhoeven, Richard. Ik kom in verband met de moord op Jean-Baptiste de Boyer.'
De Cock speelde verwondering.
'Moord... dat is u bekend uit eigen ervaring?'
Verhoeven schudde zijn hoofd.
'Onze directeur, de heer Julius Spencer, heeft mij van de dood van Jean-Baptiste verwittigd.'
'Waarom?'
'Spencer en ik vormen samen zo'n beetje het dagelijks bestuur van onze Stichting Gouden Harten. Hij meende dat ik van de moord op de hoogte moest worden gebracht. Julius Spencer en ik zijn geïnteresseerd in de persoon Jean-Baptiste de Boyer.'

‘Wanneer?’
Verhoeven keek De Cock niet-begrijpend aan.
‘Wat bedoelt u?’
‘Voor zijn dood of daarna?’
Verhoeven nam een kleine pauze, waarin hij de recherchekamer rondkeek.
‘Onze interesse heeft een voorgeschiedenis,’ begon hij. ‘Vorig jaar heeft zich in de boezem van onze stichting een ernstig geval van fraude voorgedaan. Een van onze leden heeft geld van de stichting gestort op de rekening van een liefdadigheidsproject, waarover hij zelf het beheer had. Edward van Ravensburg heet hij.’
De Cock lachte.
‘Die Van Ravensburg vond zichzelf blijkbaar een goed doel.’
Verhoeven keek bestraffend.
‘Wij hebben er destijds niet om gelachen, rechercheur. Integendeel, wij waren diep geschokt. Julius Spencer en ik hebben Van Ravensburg ter verantwoording geroepen en hij heeft het geld onmiddellijk teruggestort.’
‘Prachtig.’
Verhoeven knikte.
‘Daar waren wij ook blij mee.’
De Cock boog zich over naar Verhoeven.
‘Wat heeft de moord op De Boyer met deze fraudezaak te maken, als ik vragen mag?’
Richard Verhoeven schonk hem een verlegen lachje.
‘Niets, denk ik.’
‘Wat is dan de basis van uw interesse in de dode Jean-Baptiste de Boyer?’ vroeg De Cock verbaasd.
Verhoevens hoofd leek weg te zakken in zijn nek toen hij zuchtte.
‘Edward van Ravensburg heeft ons bij zijn bekentenis ook opgebiecht dat hij het geheim van de fraude – de sluwe manier waarop die werd uitgevoerd – aan Jean-Baptiste heeft uitgelegd.’
‘Vandaar uw interesse.’
De Cock keek kort naar Vledder, alsof hij hem toestemming vroeg het verhoor alleen te doen.

‘Hoewel Jean-Baptiste het hardnekkig heeft ontkend,’ ging Verhoeven door, ‘zijn Julius Spencer en ik ervan overtuigd dat hij op eenzelfde wijze heeft gefraudeerd.’
‘En?’
‘Het is aan u om dit op te lossen, rechercheur De Cock.’
De Cock keek weer naar Vledder.
‘Ik zal in samenwerking met mijn collega Vledder proberen de moordenaar van Jean-Baptiste de Boyer te ontmaskeren en het motief voor de moord te achterhalen.’
‘En verder?’
De Cock schudde zijn hoofd.
‘Verder niets.’
Verhoeven keek verrast.
‘En de fraude, die De Boyer vermoedelijk heeft gepleegd?’
De Cock trok zijn schouders op.
‘Ik neem aan dat destijds, toen Jean-Baptiste de Boyer nog leefde, door de Stichting Gouden Harten geen aangifte tegen hem is gedaan?’
‘Nee.’
De Cock grinnikte.
‘De Boyer is dood en strafvervolging eindigt bij de dood van de verdachte...’ De oude rechercheur stak in een triomfantelijk gebaar zijn armen omhoog. ‘Zaak gesloten.’

5

Toen een zichtbaar teleurgestelde Richard Verhoeven met zijn corpulente habitus de recherchekamer had verlaten, trok Vledder een grijns op zijn gezicht. Hij wees naar de deur.
'Wordt hij straks geliquideerd?'
'Dat hoop ik niet,' sprak De Cock grinnikend. 'Ik heb voorlopig aan één geheimzinnige moord bij die Gouden Harten meer dan genoeg.'
Vledder gniffelde.
'Volgens de verhalen van Felix de Waard zou zijn liquidatie nu toch moeten volgen.'
De Cock kneep zijn ogen even dicht.
'Ik heb eerlijk gezegd,' verzuchtte hij, 'ook met verbazing naar die Richard Verhoeven geluisterd. Over een geheimzinnige fraudezaak, waarover geen enkel lid van de Stichting Gouden Harten ook maar iets aan de openbaarheid mocht prijsgeven, vertelt hij hier zonder enige terughoudendheid.'
'En naar het schijnt met volledig medeweten van directeur Julius Spencer, de absolute oppergod van de Gouden Harten,' zei Vledder.
De Cock knikte.
'Het lijkt erop dat na de moord op Jean-Baptiste de Boyer in de boezem van de Gouden Harten iets is gekanteld, dat men een andere tactiek is gaan volgen.'
'Waarom denk je dat?'
'Dat kan ik nu nog niet zeggen,' sprak De Cock hoofdschuddend. 'Met uitzondering van de knappe Gabriëlle van de Kraaienhoek, zijn de lieden die wij tot nu in deze zaak hebben gesproken, allemaal een beetje glibberig en een tikkeltje onbetrouwbaar.'
Vledder grijnsde.
'Een tikkeltje, zeg je? Dat is nog voorzichtig uitgedrukt. Naar mijn gevoel is een "tikkeltje" in dit geval een zwaar understatement, om het in goed Nederlands te zeggen.'

De Cock glimlachte.
'Je hebt gelijk. Ik weet bijvoorbeeld niet wat ik van Felix de Waard moet denken. Hij spreekt over leden van de Gouden Harten die niet meer om vrijwillige giften vrágen, maar die giften grofweg opeisen.'
Vledder grijnsde.
'Door middel van chantage.'
De Cock knikte.
'Dan heeft hij het over een serieuze bedreiging met liquidatie van mensen die de geheimhouding over een ernstige fraudezaak zouden verbreken, en bij ons komt Richard Verhoeven, een soort bestuurslid van de Gouden Harten, de hele fraudezaak volledig uit de doeken doen.'
Vledder trok zijn gezicht in een ernstige plooi.
'De Waard had wel gelijk, dat Jean-Baptiste de Boyer in de club van de Gouden Harten werd verdacht van het plegen van fraude.'
'Let wel,' zei De Cock, 'dat Felix de Waard de man was die terecht suggereerde dat de vermiste Jean-Baptiste de Boyer vrijwel zeker was vermoord.'
Vledder zuchtte.
'Hij weet beslist meer. Die man kent blijkbaar verborgen achtergronden. Na de ultieme openbaring van Richard Verhoeven moeten wij die Felix de Waard nog eens stevig aan de tand voelen. Volgens mij kan hij zich nu vrijer en openhartiger uitlaten over zijn ervaringen in de club van de Gouden Harten.'
De Cock tikte met zijn wijsvinger tegen de zijkant van zijn hoofd.
'Weet je wat ik vreemd vind.'
'Nou?'
'Dat ze bij de Stichting Gouden Harten in zake frauduleus handelen de methode-Edward van Ravensburg kennen, en toch niet kunnen bewijzen dat Jean-Baptiste de Boyer van die methode gebruik heeft gemaakt.'
'Blijkbaar is de boekhouding van de stichting niet helemaal waterdicht,' zei Vledder.
'De Stichting Gouden Harten rammelt volgens mij aan alle kanten.' De Cock sloeg met de vlakke hand op zijn bureau.

'Dat mag je wel zeggen.'
'Ik hoop waarachtig niet,' sprak De Cock ernstig, 'dat het gedrag van deze stichting systematisch is voor alle organisaties die voor goede doelen werken.'
Vledder grijnsde breed.
'Stichting Gouden Handen,' sprak hij op plechtige toon, 'is, zoals vaak in dergelijke branches, de gebruikelijke rotte appel in een volle mand met overigens puntgaaf en ongeschonden fruit.'
De Cock strekte met een ernstig gezicht zijn geopende rechterhand naar Vledder uit.
'Amen.'
Enkele seconden na dit 'het zei zo' van De Cock stond Vledder op uit zijn bureaustoel en liep slungelig naar de kapstok.
De Cock keek hem verwonderd na.
'Waar ga jij heen?' vroeg hij.
Vledder deed een paar sierlijke passen achterwaarts en draaide zijn bovenlichaam naar De Cock.
'Naar de Haarlemmerweg 1210.'
De Cock keek hem niet-begrijpend aan.
'Wat is daar?'
Vledder draaide zich nu helemaal om en glimlachte.
'Voordat iemand hem een dodende stiletto in zijn rug duwde, woonde daar ene Jean-Baptiste de Boyer. Ik wil zijn computer openen om te zien of daarin iets over die fraudezaak van Edward van Ravensburg is opgenomen.'
De Cock keek hem schuins aan.
'Hoe kom je daar binnen?' vroeg hij zoet grijnzend.
Vledder begreep hem verkeerd. Hij wees naar de computer op zijn bureau.
'Dat jij niets van dat apparaat weet is gewoon stom. Jij had je daarin allang moeten bekwamen. Iedereen surft tegenwoordig op internet. Kinderlijk eenvoudig. Voor mijn neefje van dertien is het zijn enige amusement.'
De jonge rechercheur keek De Cock olijk aan.
'Ik kan ook aardig met zo'n computer overweg. En niet alleen dat gehannes hier op het bureau, met stomme rapporten en processen-verbaal.'

De Cock schudde zijn hoofd.
'Dat bedoel ik niet,' reageerde hij wrevelig. 'Computers interesseren mij niet. Dat is het gevolg van mijn handicap. Mijn vingers zijn te dik voor een toetsenbord. Alleen al met mijn twee middelvingers druk ik met één enkele tik zes toetsen tegelijk in. En dat kunnen die stomme computers niet verdragen. Dan braken ze volslagen onzin uit.'
Vledder lachte.
'Met die twee klauwen als ruwe kolenschoppen hadden ze jou vroeger bij de politie nooit moeten aannemen.'
'Waarom niet?'
'Ik wed dat je ook nooit met die ouderwetse schrijfmachines overweg hebt gekund.'
De Cock trok een gek gezicht.
'Die rammelkasten waren aan mij niet besteed,' gaf hij volmondig toe. 'Gelukkig heb ik er altijd voor kunnen zorgen dat ik leerlingen had met slanke rappe vingers, die razendsnel over de toetsen vlogen.'
'En die liet je het schrijfwerk doen?'
De Cock grinnikte.
'Vledder, hoe raad je het?'
'Jij misbruikt de gave van anderen.'
'Dat is de kunst.'
'De Cock, hou op, we dwalen steeds verder van ons onderwerp af met je stomme typemachines en jouw onmogelijke handen met vingers als winterwortelen. We hadden het over de computer in de woning van Jean-Baptiste de Boyer.'
'Precies,' knikte De Cock. 'Als jij de woning van Jean-Baptiste de Boyer wilt binnendringen om die computer te bekijken, zal je toch gebruik moeten maken van dat door jou zo gehate apparaatje van Handige Henkie.'
Vledder schudde zijn hoofd.
'Ik heb dat verdomde apparaatje van jou niet nodig.'
De Cock keek hem verwonderd aan.
'Nee? Heb je dan een gerechtelijk bevel tot huiszoeking?'
'Nee.'
'Wat dan?'

Dick Vledder stak zijn rechterhand in een zak van zijn jack en bracht tussen duim en wijsvinger een sleutel omhoog.
'Kijk eens, de originele sleutel van de woning van Jean-Baptiste de Boyer. Heel legaal gevraagd aan en gekregen van zuster Gabriëlle van de Kraaienhoek.'
'Wanneer?'
'Toen ik haar zei dat ik wel eens een kijkje wilde nemen in de woning van haar broer om te zien of daar mogelijk aanwijzingen waren die verband hielden met zijn geheimzinnige verdwijning.'
De Cock keek hem bewonderend aan.
'Handig.'
Vledder glimlachte.
'Dat ben ik... soms.'

Haarlemmerweg 1210 bleek een oud huis met drie verdiepingen. De buitendeur stond open en gaf toegang tot een klein portaal.
De Cock keek langs de smalle trap omhoog.
'Waar?' vroeg hij benepen.
Vledder wees uitnodigend voor zich uit richting trap.
'Boven, derde etage,' sprak hij vrolijk. 'Goed voor je conditie. Een paar pondjes vet kun je wel missen.'
Zuchtend en steunend trok De Cock zijn negentig kilo aan de vettige trapleuningen omhoog. Op het portaal van de tweede verdieping bleef hij zwaar hijgend staan. Hij gebaarde in de richting van Vledder.
'Ga jij maar. Jij hebt de sleutel van de woning.'
'En jij?'
De Cock klopte op zijn borst.
'Ik neem vijf minuten om mijn geschonden ademhaling weer op peil te brengen.'
Toen de oude rechercheur met een nauwelijks herstelde longcadans de woning op de derde verdieping had bereikt, vond hij Vledder in de gezellig ingerichte woonkamer al achter het verlichte scherm van een computer.
De Cock blikte om zich heen. Wat hem opviel was een uitbundige hoekbank met een reeks opzichtige roze kussens met een

rechthoekige glanzende glazen tafel ervoor. Door het raam achter die bank had hij een prachtig uitzicht over het oude Westerpark. Aan de wanden hingen een paar opmerkelijke fotostudies van spiernaakte jongemannen. Een deur aan de achterzijde van het woonvertrek leidde naar een ruime slaapkamer met een onopgemaakt tweepersoonsbed. Er hing een muffe slaapgeur.
De Cock inspecteerde de kasten. De scherpe blik van de grijze speurder kon geen dissonanten in het gebruikelijke patroon van kledingkasten ontdekken. Hij sloeg de kastdeuren weer dicht. Ook in de nachtkastjes aan het hoofdeinde van het bed trof hij geen bijzonderheden.
De oude rechercheur liet zich op zijn knieën zakken en gluurde onder het bed. Bijna aan het voeteneinde stond een bruine kartonnen doos. Hij trok de doos naar zich toe en lichtte het deksel op. Tot zijn verbazing trof hij in de doos tientallen roodplastic hartjes met een metalen kettinkje, eindigend in een metalen ring. De hartjes waren kennelijk bedoeld als sleutelhanger. Hij nam een hartje uit de doos, kwam moeizaam overeind en liep terug naar de woonkamer. Hij hield het hartje bengelend voor de neus van Vledder.
De jonge rechercheur keek hem verrast aan.
'Hoe kom je daar aan?'
De Cock duimde over zijn schouder.
'In de slaapkamer onder het bed ligt een kartonnen doos vol met die hartjes.'
Vledder ademde diep.
'Zo'n rood plastic hartje, maar dan zonder kettinkje en ring had de vermoorde Jean-Baptiste de Boyer in de palm van zijn uitgestoken rechterhand.'
De Cock bekeek het hartje.
'Je kunt het hartje makkelijk losmaken van het metalen kettinkje en de ring.'
Vledder nam het hartje van De Cock over.
'Het moet toch iets te betekenen hebben. Is het een symbool, een aanwijzing? Ik heb me bij de ontdekking van het lijk van Jean-Baptiste al afgevraagd hoe dat hartje in zijn hand terecht was gekomen.'

De Cock knikte.
'Je bedoelt, óf door hemzelf meegenomen óf door een ander in zijn hand gedrukt.'
'Precies.'
De Cock wees naar het hartje.
'Gezien deze vondst lijkt het erop dat het hartje uit de eigen voorraad van Jean-Baptiste kwam.'
Vledder hield het hartje omhoog.
'Wat doen we ermee?'
De Cock spreidde zijn handen.
'We nemen die doos mee naar de Kit. We kunnen proberen de herkomst van de hartjes te achterhalen. Misschien dat iemand ons kan vertellen waarom Jean-Baptiste de Boyer die hartjes in voorraad hield.'
De grijze speurder zweeg even.
'Een vermoord en dubieus lid van de Stichting Gouden Harten,' sprak hij traag, 'heeft een doos bloedrode hartjes in voorraad.' Hij schudde zijn hoofd. 'Dat kan geen toeval zijn. Daar zit beslist een gedachte achter.'
Vledder wees naar het verlichte scherm van de computer.
'Volgens Gabriëlle, zijn zuster, leefde Jean-Baptiste van zijn opbrengsten als auteur. Voor zover ik dat uit zijn bestanden kan opmaken, heeft hij twee thrillers geschreven en was hij met zijn derde bezig. Van die twee eerste boeken zijn er iets meer dan vijfduizend verkocht.'
De Cock gniffelde.
'Geen vetpot.'
'Dus kan je beter je hele leven bij de politie blijven werken?' grapte Vledder terug.
'Absoluut.'
Vledder wreef zijn duim en wijsvinger over elkaar en zei:
'Maar hij heeft wel meer dan vijfhonderdduizend euro op zijn bankrekening.'
'Vijfhonderdduizend?' De Cock liep naar de computer.
'Vijfhonderdduizend... een half miljoen. Ik kan je het laten zien.'
De Cock snoof.

'Methode-Edward van Ravensburg?'
Vledder trok zijn schouders op.
'Het geld staat gewoon op zijn eigen naam.'
De Cock fronste zijn wenkbrauwen.
'Is er een testament?'
'Dat kan ik in zijn computer niet zien.'
De Cock zette zijn handen in zijn zij.
'Wie erft dat geld?'
'Volgens de gegevens van de burgerlijke stand, die ik heb opgevraagd, leven zijn ouders niet meer en heeft hij slechts één zuster.' Vledder keek triomfantelijk.
'Gabriëlle!' riep De Cock uit.
'Precies.'
De Cock kneep zijn ogen even dicht.
'Een motief voor moord van een half miljoen...'
Vledder reageerde niet. Hij wees weer naar het scherm en grinnikte minachtend.
'Er is nog iets... Ik heb in zijn bestanden op deze computer reeksen foto's van naakte jongens ontdekt... soms in beschamende standjes.'
De jonge rechercheur draaide wat ongemakkelijk met zijn schouders.
'Het is mij wel duidelijk.'
'Wat?'
'Jean-Baptiste de Boyer was pedofiel.'

6

De Cock keek Vledder geschrokken aan.
'Pedofiel? Meen je dat?'
'O, zeker,' zei Vledder, die begreep dat dit schokkend moest zijn voor zijn oude collega. 'Geen enkele twijfel. Kijk hier maar om je heen. Naaktfoto's van jongens – kinderen nog – aan de wanden van zijn woonkamer. En dan die enorme verzameling foto's in zijn computer. Een eindeloze reeks.'
De Cock schudde zijn hoofd.
'Verschrikkelijk.'
'Wil je de verzameling zien?' vroeg Vledder plagerig.
De Cock maakte een afwerend gebaar.
'Ga weg. Een serie naakte, mooi gevormde jonge vrouwen mag je mij wel voortoveren, dat wekt wellicht nog fantasieën bij mij... maar naakte jongens...'
De oude rechercheur maakte zijn zin niet af.
Vledder werd weer serieus.
'Laat maar. Ik heb goed gezocht in vrijwel alle bestanden, maar de naam Edward van Ravensburg ben ik in deze computer niet tegengekomen.'
De Cock trok denkrimpels in zijn voorhoofd.
'En sporen of aantekeningen van door hem zelf gepleegde frauduleuze handelingen?'
Vledder schudde zijn hoofd.
'Die heb ik niet kunnen vinden. Er waren ook geen duidelijke aanwijzingen dat Boyer de beproefde methode-Van Ravensburg bij zijn frauduleuze handelingen heeft gebruikt.'
De Cock trok zijn neus iets op.
'Vreemd. Het was Felix de Waard die ons aanraadde om de computer van Boyer na te pluizen. *Dan komt u*, zo zei hij, *die fraudezaak van Edward van Ravensburg beslist tegen.*'
'Dus niet,' zei Vledder hoofdschuddend.
De Cock wreef met zijn vlakke hand over zijn brede gezicht.

'Misschien,' sprak hij peinzend, 'wilde Felix de Waard dat wij de bankrekening van de vermoorde Jean-Baptiste zouden ontdekken.'
'Dat kan zijn bedoeling zijn geweest,' zei Vledder. 'Ik heb de afschriften van die bankrekening met dat enorme saldo geprint.'
De Cock fronste zijn wenkbrauwen.
'Heb je bankafschriften geprint? Kan dat allemaal maar zo?'
'De Cock, je bent een fantastische leermeester en mentor voor me geweest, maar het elektronische tijdperk is door jou nog niet betreden. Je weet zeker ook niet wat internetbankieren is.'
De Cock keek hem verward aan.
'Wat is dat dan?'
Vledder glimlachte.
'Dat betekent dat je je bankzaken thuis achter je computer kunt afhandelen.'
'Haal je daar dan ook je geld uit via de printer?'
'Natuurlijk niet, maar je hebt nog maar weinig baar geld nodig door je pinpas en je chipknip.'
De Cock zuchtte.
'Daar doe ik allemaal niet aan mee.'
'Op een dag zul je wel moeten, De Cock. De misdaad heeft dat terrein ook gevonden en wij zullen in die elektronische wereld moeten rechercheren. Net zoals ik dat hier in de computer van Boyer heb gedaan.'
De Cock had een droeve glimlach op zijn gezicht.
'Ik ben... dat blijkt toch zo langzamerhand... toe aan mijn pensioen. Ons vak ontglipt me, onze taal ontglipt me door die onstuitbare elektronische invasie, begeleid en gestuurd door de Engelse taal. Het wordt tijd dat ik stop, of dat ik terugga naar de schoolbanken.'
Vledder keek bijna vertederd naar De Cock en zei: 'Maar je hebt mij toch!'
De Cock legde zijn hand even op de schouder van zijn jonge collega.
Vledder ging achter de computer zitten en knikte naar het scherm.
'Wat doen we hiermee?'

De Cock antwoordde niet direct.
'Zijn op de foto's van die jonge knapen nog achtergronden zichtbaar, iets wat erop wijst dat de opnamen hier in dit vertrek zijn gemaakt, of in de locatie van de stichting aan de Brouwersgracht?'
Vledder schudde zijn hoofd.
'Daar heb ik op gelet, in de hoop iets herkenbaars te ontdekken, maar de achtergronden van de foto's zijn steeds vaag gehouden, zonder vaste contouren. Daar is vrijwel niets uit op te maken.'
De Cock knikte begrijpend.
'Neem dat apparaat maar in beslag.'
Vledder trok zijn schouders op.
'Jean-Baptiste de Boyer is dood. Tegen hem kunnen we juridisch gezien niets meer ondernemen.'
'Daar hebben we het al over gehad,' sprak De Cock somber. 'Volgens de wet vervalt strafvervolging bij de dood van de verdachte. Maar ik ben ervan overtuigd dat onze zedenpolitie wel belangstelling voor de foto's zal hebben.'
'Waarom?'
De Cock gebaarde voor zich uit.
'Misschien leidt die verzameling naakte jongens naar andere pedofielen.' Hij aarzelde. 'Bovendien moeten we ook rekening houden met de geestelijke gesteldheid van de seksueel misbruikte jongeren. Want er is natuurlijk meer gebeurd dan alleen maar foto's maken. Wellicht zijn ze door de zedenpolitie te achterhalen. Het is niet denkbeeldig dat enkelen van die jonge kinderen door confrontatie met pedofielen in geestelijke nood zijn geraakt en dringend psychiatrische begeleiding nodig hebben.'
Vledder schonk hem een innemende glimlach.
'Zie je,' sprak hij warm, 'je bent nog wel degelijk iemand van deze huidige hectische tijd. Jij denkt nog compleet. Vroeger zou niemand zich om het lot van de slachtoffertjes hebben bekommerd.'
De Cock maakte een grimas.
'Bedankt voor het compliment.'
De oude rechercheur liep terug naar de slaapkamer, pakte de doos met rode plastic hartjes op en liep ermee naar Vledder.

Hij wees naar de computer.
'Draag jij dat ding? Ik heb op die smalle houten trap minstens één hand aan de leuning nodig om beneden te komen. Als ik dat zware ding moet dragen, loop ik een breuk op of de computer ligt beneden aan flarden. Die doos met hartjes kan ik nog wel mannen.'
Vledder grinnikte.
'Goed, oude man.'
Het klonk plechtig.
De jonge rechercheur gaf De Cock de sleutel van de woning.
'Doe jij de boel hier op slot. Ik zorg ervoor dat die computer met belastend materiaal heel en goed bij de zedenpolitie komt.'
Hij tilde het apparaat voor zijn borst en keek De Cock met twinkelende ogen aan. 'En wie schrijft voor de zedenpolitie het proces-verbaal van inbeslagneming en bevindingen?'
De Cock glimlachte.
'Wie dacht je?'
'Ik.'
De oude rechercheur lachte vrolijk.
'Vledder, jij kent je plaats in onze pikorde.'

Toen ze na een hartelijk en uitgebreid bezoek aan hun collega's van de zedenpolitie op het hoofdbureau aan de Warmoesstraat terugkeerden en de hal van het aloude politiebureau binnenstapten, wenkte Jan Rozenbrand vanachter de balie naar De Cock.
De oude rechercheur slofte op hem toe.
'Je mag alles tegen mij zeggen,' sprak hij waarschuwend. 'Alles... behalve dat je ons een nieuwe moord hebt te melden.'
De wachtcommandant schudde lachend zijn hoofd.
'Ik wil je alleen vertellen dat tijdens jullie afwezigheid een paar maal een man aan de balie is verschenen, die dringend met De Cock wilde spreken.'
'Wie is die man?'
Jan Rozenbrand trok zijn brede schouders op.
'Geen idee. De man was supernerveus. Hij flitste steeds onmiddellijk weg nadat ik tegen hem had gezegd dat je nog niet terug

was. Ik kreeg gewoon niet de gelegenheid om naar zijn naam te vragen. Maar maak je geen zorgen. Hij komt beslist terug.'
Zonder te reageren draaide De Cock zich om en besteeg de stenen trappen naar de tweede verdieping. Het kostte hem minder moeite dan de smalle trap in de Haarlemmerweg.
Vledder volgde lichtvoetig.
De jonge rechercheur had zittend aan zijn bureau zijn eigen computer nog niet aangezet toen op het bureau van De Cock de telefoon rinkelde.
Vledder boog zich ver voorover en nam de hoorn op. Nadat hij even geluisterd had bedekte hij het spreekgedeelte met de palm van zijn hand.
'Die man staat weer beneden voor de balie.'
De Cock keek op.
'Heeft Jan Rozenbrand nu zijn naam?'
Vledder knikte.
'Edward van Ravensburg.'

De man, die na nerveus kloppen en het indringende 'binnen' van Vledder in de deuropening verscheen, was lang, slank en mager. Het donkergrijze flanellen kostuum dat hij droeg, slobberde om zijn lijf. In een wat moeizame tred liep hij verder de grote recherchekamer in.
De Cock nam hem nauwkeurig in zich op. De man liep tegen de vijftig. Dun vlashaar kleefde op zijn schedel. Zijn helle lichtgroene ogen lichtten bijna fluorescerend op in het bleke, magere gezicht met ingevallen wangen.
Bij het bureau van de grijze speurder bleef hij staan.
'Bent u rechercheur De Cock?'
De oude rechercheur knikte.
'De Cock... met ceeooceekaa.' Hij strekte zijn arm voor zich uit.
'En dat is rechercheur Vledder, mijn trouwe en onvolprezen assistent.'
De man reageerde met een bescheiden lachje. Hij wees naar de stoel naast het bureau van De Cock.
'Mag ik daar gaan zitten?' vroeg hij vriendelijk.

De Cock knikte.
'Neemt u plaats.'
De man liet zich op de stoel zakken.
'Ik ben wat vermoeid,' verzuchtte hij. 'Omdat u er steeds niet was, heb ik als maar over de Wallen heen en weer gelopen. De hoeren die daar zaten werden op het laatst kwaad. Er waren erbij die "hengst" naar me riepen.'
De Cock lachte.
'Hengst is bij de hoeren een scheldwoord. Mannen die alleen maar kijken en niet kopen, worden hengst genoemd.'
De man trok zijn schouders op.
'Ik ben niet zo thuis in dat wereldje.'
De Cock negeerde de opmerking.
'U bent Van Ravensburg... de heer Edward van Ravensburg?'
'Ja.'
'En mag ik u vragen vanwaar uw... eh, uw onbedwingbare verlangen komt om met mij te spreken?'
Van Ravensburg zuchtte diep.
'Het gonst van de geruchten onder de leden van de Stichting Gouden Harten.'
'Geruchten?'
Van Ravensburg knikte.
'Een van de geruchten, waar ik persoonlijk bij betrokken ben, is de mare dat de heer Verhoeven namens de stichting bij u hier aan de Warmoesstraat tegen mij aangifte heeft gedaan ter zake oplichting.'
De Cock keek hem schuins aan.
'Volgens u een valse aangifte?'
Edward van Ravensburg aarzelde even.
'Voor ik die netelige vraag beantwoord, wil ik u bekennen dat ik enige jaren geleden heb gefraudeerd. Ik had een gefantaseerde instelling opgevoerd, die zogenaamd goede doelen steunde. Ik maakte namens de Stichting Gouden Harten bedragen over naar die gefantaseerde instelling, waarover ik zelf het beheer voerde.'
'Handig.'
Van Ravensburg trok een bedenkelijk gezicht.

‘Het was feitelijk kinderlijk eenvoudig,’ sprak hij beschaamd. ‘Er was bij de Gouden Harten niemand die controleerde of de instellingen die opgaven goede doelen te steunen, dit ook werkelijk deden. Gouden Harten ging niet na waaraan het geschonken geld werd besteed.’
De Cock hield zijn hoofd schuin.
‘Is die controle nog steeds zo gebrekkig?’
Van Ravensburg maakte een lichte schouderbeweging.
‘Ik heb niet de indruk dat daar structureel iets aan is veranderd.’
De Cock glimlachte.
‘Grapjes, zoals u zich die veroorloofde, zijn nog steeds mogelijk?’
Van Ravensburg knikte traag.
‘Dat geloof ik wel, ja. Julius Spencer, de directeur van de stichting, is een sukkel van wie geen enkele daadkracht uitgaat. Een man met voldoende fantasie kan zich bij de stichting nog steeds rijk stelen.’
De Cock veranderde van onderwerp. Het was een tactiek om door een lichte verwarring meer los te krijgen uit een ondervraagde.
‘U was bevriend met Jean-Baptiste de Boyer?’
Van Ravensburg plooide zijn lippen in een tuitje.
‘Min of meer. Jean-Baptiste was een bescheiden figuur, die veel geld voor de stichting binnenbracht.’
‘Hoe deed hij dat? Wat was zijn methode?’
‘Dat heb ik hem nooit gevraagd,’ glimlachte Van Ravensburg. ‘Het was onder de leden van de stichting *not done* om dergelijke onderwerpen aan te snijden. Eenieder had zijn eigen relaties en methoden van verwerving.’
De Cock bekeek de man goed. Hij leek minder nerveus dan toen hij binnenkwam.
‘We dwalen af,’ zei hij. ‘Ik vroeg u daarnet of een eventuele aangifte door Richard Verhoeven – namens de Stichting Gouden Harten – tegen u ter zake oplichting, een valse aangifte zou zijn. Die vraag heeft u nog niet beantwoord.’
Van Ravensburg maakte een hulpeloos gebaar.

‘Ik denk wel,’ formuleerde hij voorzichtig, ‘dat de Stichting Gouden Harten formeel gerechtigd is zo’n aangifte te doen. Ik heb die fraude gepleegd. Dat heb ik volmondig toegegeven en ik heb al het geld dat ik middels oplichting heb verkregen, aan de stichting teruggegeven. Mij is toen uitdrukkelijk toegezegd dat er geen aangifte zou worden gedaan. Het zou mij pijnlijk treffen als men dat nu alsnog deed.’
De Cock stak zijn handen naar voren.
‘Is de essentie van uw fraudezaak ooit tijdens een bijeenkomst aan alle leden van de stichting weergegeven?’
‘Ja.’
De Cock wreef even over zijn voorhoofd.
‘Is aan alle leden van de stichting toen een zwijgplicht opgelegd... een ernstige zwijgplicht met een zware boetedoening?’
‘Ja.’
‘De dood?’
‘Ja.’
De Cock schudde vertwijfeld zijn hoofd. Dat hoorde bij het spel. Vledder kende alle uitdrukkingen en gebaren van De Cock tijdens een verhoor. Het zou later misschien niet zijn tactiek zijn, maar hij bleef altijd gefascineerd toekijken wanneer zijn oude collega iemand aan de tand voelde.
‘En had niemand bezwaren? Waren er geen leden die riepen dat zo’n zwijgplicht met boetedoening niet meer past in deze tijd?’
Van Ravensburg kneep zijn ogen even dicht, daarna keek hij De Cock aan. ‘Ze waren als lammetjes,’ zei hij zacht.
‘En u?’
Van Ravensburg slikte.
‘Ik kon niets zeggen, en ik durfde dat ook niet. Mijn tong zat aan mijn verhemelte geplakt. Ik was immers de schuld van alles.’
De Cock schonk Van Ravensburg een flauwe glimlach.
‘Om u gerust te stellen: Richard Verhoeven heeft bij mij geen aangifte ter zake oplichting gedaan.’
Het gezicht van Edward van Ravensburg klaarde op. Er kwam wat kleur op zijn wangen.
‘Was u zo bevriend met de bescheiden Jean-Baptiste de Boyer,’ vroeg De Cock na enige tijd indringend, ‘dat u hem in vertrou-

wen hebt geopenbaard langs welke slinkse wegen u geld van de stichting binnensleepte?'
Van Ravensburg liet zijn hoofd iets zakken.
'In een vertrouwelijk gesprek na een paar borrels bij hem thuis heb ik hem gezegd wat en hoe ik het had gedaan.'
'En aan niemand anders?'
'Nee.'
De Cock boog zich opnieuw naar hem toe.
'Hoe kwam Julius Spencer, die sukkel van een directeur, erachter dat u had gefraudeerd?'
'Iemand had hem ingelicht.'
De Cock boog nog verder naar hem over. Dat smalle magere gezicht met ingevallen wangen was pal bij en de helgroene ogen doofden.
'Jean-Baptiste de Boyer?'
Edward van Ravensburg bonkte naast hem met zijn voorhoofd op het blad van zijn bureau.
'Ze... ze zeggen nu,' snikte hij gesmoord, 'dat ik Jean-Baptiste heb vermoord.'

7

De Cock leunde in zijn bureaustoel achterover en wachtte geduldig tot Edward van Ravensburg tot bedaren was gekomen. De man richtte zich na een tijdje weer op en wreef met zijn vlakke rechterhand over zijn voorhoofd. Hij zuchtte diep.
'Ik kan er niet tegen,' sprak hij vermoeid. 'Zo'n zware beschuldiging verwerk ik niet. Het blijft hameren in mijn hoofd. Het is ook volkomen ongegrond. Ik heb Jean-Baptiste niet vermoord.'
De Cock maakte een grimas.
'Ik heb in mijn lange loopbaan bij de recherche nog nooit een moordenaar ontmoet die onmiddellijk toegaf een medemens om het leven te hebben gebracht.'
Van Ravensburg maakte een hulpeloos gebaar.
'Als ik mij op Jean-Baptiste had willen wreken voor zijn verraad, dan had ik dat al veel eerder kunnen doen. Het is al een paar jaar geleden dat hij met zijn beschuldiging naar Julius Spencer stapte.'
De Cock grijnsde.
'Ik heb moordenaars gekend die hun geduld nog veel langer bewaarden voor ze uiteindelijk toesloegen.'
'Bij mij...' zei Van Ravensburg hoofdschuddend, 'bij mij is dat anders. Ik ben nooit bezield geweest van wraakgevoelens. Ik was niet verbitterd door het verraad van Jean-Baptiste de Boyer. Integendeel, ik voelde het als een bevrijding, een opluchting, toen algemeen bekend werd wat ik had gedaan. Het was alsof een loden last van mijn schouders viel.'
De Cock knikte instemmend.
'Bekennen lucht op,' zei hij nuchter.
Van Ravensburg grinnikte vreugdeloos.
'U zult het waarschijnlijk niet geloven, maar ik heb nooit een cent van het door mij geroofde geld durven gebruiken. Het stond daar op die door mij gecreëerde vreemde bankrekening en het bleef daar staan, onaangeroerd.'

De Cock trok zijn gezicht in een plooi van ongeloof.
'Onaangeroerd?'
Edward van Ravensburg knikte.
'Onaangeroerd. En het was zo simpel. Eén enkele overschrijving voorzien van mijn handtekening en ik had in het warme gezelschap van een of andere welgeschapen dame een paar verrekt leuke cruises kunnen maken.'
'U deed het niet?'
'Nee.'
'Wonderbaarlijk.'
Van Ravensburg keek De Cock met een scheef hoofd aan.
'Wat had u gedaan?'
De oude rechercheur lachte ontspannen.
'Voor een rechtschapen ambtsdienaar,' reageerde hij vrolijk, 'is dat een gemene vraag. Ik heb nooit in zo'n weelderige financiële situatie verkeerd. De bankrekening waarover ik beschik staat mij het warme gezelschap van een tweede welgeschapen dame niet toe.'
Edward van Ravensburg trok zijn wenkbrauwen op.
'Twéédé welgeschapen vrouw?'
De Cock knikte.
'Ik heb er al één. En mevrouw De Cock is in mijn ogen niet alleen welgeschapen, maar ze is... dat verzeker ik u... ook uiterst jaloers. Ze duldt beslist geen concurrentie.'
Er verscheen even een glimlach op het gezicht van Edward van Ravensburg. Daarna gleed zijn gelaat weer in een ernstige plooi.
'Morgenmiddag,' sprak hij gedragen, 'om twee uur is er in ons gebouw aan de Brouwersgracht een plenaire vergadering van de Stichting Gouden Harten.'
'Dat is mij bekend.'
Van Ravensburg aarzelde even.
'Het lijkt mij een unieke gelegenheid...'
De Cock keek hem schattend aan.
'Gelegenheid waarvoor... voor wie?'
Van Ravensburg strekte zijn arm langzaam naar hem uit.
'Voor u... om in front van het gehele gehoor openlijk te verklaren dat ik geen schuld heb aan de dood van Jean-Baptiste de Boyer.'

De Cock keek hem lange seconden verwonderd aan. Daarna schudde hij resoluut zijn hoofd.
'Ik heb de moord op Jean-Baptiste de Boyer in onderzoek,' sprak hij plechtig. 'Tot mijn spijt heb ik de dader nog niet kunnen ontmaskeren. In dit stadium kan ik aan uw verzoek niet voldoen.'
Van Ravensburg spreidde zijn handen.
'U gelooft niet,' sprak hij hoofdschuddend, 'dat ik geen schuld heb aan zijn dood?'
De Cock glimlachte.
'Ik beschouw voorlopig ieder lid van de Stichting Gouden Harten als verdacht.' De oude rechercheur keek op. 'En u bent nog steeds lid?'
'Ja.'
'Dat is dan mijn antwoord.'
Van Ravensburg kwam overeind.
'Dan heb ik hier niets meer te zoeken,' zei hij resoluut.
De Cock keek met een strak gezicht naar hem op.
'Ik heb voor u nog één vraag. Wat betekent in de boezem van de Stichting Gouden Harten een klein, rood, plastic hartje?'
Van Ravensburg glimlachte wrang.
'Dat was een prominent idee van wijlen de heer Jean-Baptiste de Boyer. Eenieder die zich in de Stichting Gouden Harten bijzonder verdienstelijk had gemaakt, kreeg van hem een klein, rood, plastic hartje. Het hartje werd door Julius Spencer, de directeur, tijdens een plenaire bijeenkomst op de Brouwersgracht met lovende toespraken en veel ceremonieel uitgereikt.'
'Bespottelijk,' was de reactie van De Cock.
Edward van Ravensburg maakte een schouderbeweging.
'U... eh, u kunt het vergelijken met een koninklijke onderscheiding.'
De Cock negeerde de uitleg. Hij stond op van zijn bureaustoel.
'Toen wij vanmorgen,' sprak hij traag, 'de dode Jean-Baptiste de Boyer vonden, had hij in de palm van zijn rechterhand een klein, rood, plastic hartje.' Hij benadrukte het woord plastic en keek Van Ravensburg strak aan.
'Was hem die onderscheiding al gegeven? Of werd hem die postuum uitgereikt?'

Toen Edward van Ravensburg – zonder op de laatste vraag van De Cock een antwoord te geven – de recherchekamer had verlaten, schoof Vledder zijn computer bruusk opzij. Zijn gezicht zag rood van opwinding.
'Wat een oen,' siste hij tussen zijn tanden. 'Wat een verschrikkelijke minkukel. Hoe kom je erbij... een koninklijke onderscheiding te vergelijken met een goor plastic hartje.' Hij keek De Cock verwijtend aan. 'Dat jij daar niet fel op reageerde!'
De oude rechercheur glimlachte.
'De kreet wond mij niet echt op,' reageerde hij kalm. 'Ieder zijn mening.'
Vledder ademde diep.
'Ik wilde het je niet aandoen, ik ken mijn plaats, maar ik was bijna tussenbeide gekomen.'
'Ik ben ondertussen wel tot de overtuiging gekomen,' sprak De Cock rustig, 'dat het begrip Gouden Harten voor de leden van de stichting geen toepasselijke naam is. Ik vermoed dat er in de stichting nuchter bezien weinig mensen met een gouden hart zijn te vinden.'
Vledder was gaan staan.
'Wat dan?'
'Egotrippers, van wie er naar mijn vermoedens velen slechts op eigen voordeel uit zijn.'
Vledder zwaaide geagiteerd.
'Geloof jij werkelijk dat die slimme, sluwe Edward van Ravensburg nooit een stuiver van zijn geroofde schatten heeft verpatst?'
De Cock hield zijn hoofd schuin en glimlachte.
'Dat, mijn beste collega, kunnen we niet onderzoeken. We hebben geen aangifte ter zake oplichting en missen dus de bevoegdheid om de gefantaseerde liefdadigheidsrekening van Edward van Ravensburg te controleren.'
'Jammer.'
'Het zij zo. Ons beroep kent zijn beperkingen.'
Vledder snoof.
'Wat denkt die vent wel?' sprak hij bitter. 'Welke normale welgeschapen dame – alleen al hoe hij het zegt: dame – zou in

gezelschap van zo'n miesgasser van een vent een cruise willen maken? Niemand toch? Al scheet dat mirakel gouden tientjes.'
De Cock lachte luid.
'De heer Edward van Ravensburg heeft, mag ik dat concluderen, niet jouw sympathie.'
Vledder gromde.
'Een loenenaar,' sprak hij vol verachting. 'Dat bonken met zijn voorhoofd op jouw bureau. Allemaal theater... verlakkerij... om jou mild te stemmen.'
De Cock trok zijn schouders iets op.
'Het heeft weinig indruk op mij gemaakt.'
De jonge rechercheur hield niet op.
'Zo'n smeerlap van een vent, die van louter leugens aan elkaar hangt, wil jou in het openbaar laten verklaren dat hij niet schuldig is aan de dood van Jean-Baptiste de Boyer. Hoe haalt die goorling het in zijn hoofd.'
De Cock liet Vledder uitrazen. Het optreden van Edward van Ravensburg was voor Vledder kennelijk een bron van irritatie. Zelf had hij het gedrag van Edward van Ravensburg gelaten ondergaan. In duizenden verhoren had hij geleerd zich niet door persoonlijke gevoelens te laten leiden. Kalm, rustig observeren en het bekwaam hanteren van emoties bracht, zo wist hij, het meeste voordeel.
Het was zijn overtuiging dat een rechercheur er geen baat bij had om een verdachte tegenstander te kwalificeren als een oen, een minkukel, een miesgasser, een loenenaar, een smeerlap, een goorling of wat voor beledigingen je meer kon bedenken. Dat had geen zin. Het bracht alleen opwinding en leidde het pure denken af.
De Cock begreep best dat Vledder even behoefte had zijn hart te luchten en uiting te geven aan zijn tijdens het verhoor opgekropte gevoelens van haat en afkeer. Hij besloot om hem daarover later eens rustig te kapittelen. Het zou ook een beetje frustratie kunnen zijn... dat hij hem te veel overvleugelde. Och, dat zou met de tijd vanzelf wel goed komen...
De Cock stond van zijn bureaustoel op en begon in zijn typische, bijna waggelende slenterpas door de grote rechercheka-

mer te stappen. Hij deed dat graag. In de cadans van zijn tred lieten zijn gedachten zich gemakkelijker ordenen.
Wat de grijze speurder sterk bezighield was de invloed en betekenis van het kleine rode plastic hartje. Het voorwerp intrigeerde hem.
Had Jean-Baptiste de Boyer voor zijn gang naar de Brouwersgracht uit zijn voorraad plastic hartjes thuis er één meegenomen om die voor een uitreiking aan Julius Spencer te overhandigen? Dat kon. Wie van de leden van de stichting was dan de uitverkorene?
Of duwde iemand het plastic hartje in de rechterhand van Jean-Baptiste als een symbool van de moord die hij op hem had gepleegd? Hoe kwam de dader dan aan zo'n hartje? Was hij of zij ooit een uitverkorene geweest? En waarvan kon zo'n simpel hartje een symbool zijn... liefde, genegenheid? Of duidde de rode kleur op bloed en vergelding?
De grijze speurder liep terug naar zijn bureau en liet zich in zijn stoel zakken. Hij wreef met beide handen over zijn gezicht. Welke visie had de meeste kans om uiteindelijk de ware dader te ontmaskeren?
Het kloppen op de deur van de grote recherchekamer onderbrak zijn overpeinzingen.
Vledder riep: 'Binnen.'
De deur ging langzaam open en daar stond de feeërieke gestalte van Gabriëlle van de Kraaienhoek. Haar verschijning deed de lippen van De Cock even krullen en zijn hart sloeg spontaan een paar keer te veel.
Gabriëlle droeg hetzelfde lichtgroene mantelpakje van ruige wollen stof als bij haar eerste bezoek, die morgen. De Cock bewonderde opnieuw haar lange blonde haren, die tot op haar schouders reikten, en kwam uit zijn stoel overeind om haar te begroeten.
Galant bood hij haar de stoel naast zijn bureau en peilde de uitdrukking op haar gezicht. Hij ging weer op zijn eigen bureaustoel zitten.
'U... eh, u bent al op de hoogte?' vroeg hij weifelend.
Gabriëlle knikte traag.

'Felix de Waard heeft mij ingelicht. Hij was benaderd door Julius Spencer, de directeur van de Stichting Gouden Harten.'
De Cock trok zijn gezicht in een ernstige plooi.
'Gecondoleerd met het verlies van uw broer,' sprak hij plechtig.
Gabriëlle schonk hem een matte glimlach.
'Wanneer mag ik hem nog een keer zien?' vroeg ze droevig. 'Kan ik al voorbereidingen treffen voor zijn crematie? Dat wilde hij.'
De Cock nam even bedenktijd. Hij vond dat ze wel erg voortvarend was.
'Uw broer is op gewelddadige wijze om het leven gebracht. Dat heeft voor ons consequenties. Wij mogen het lichaam van uw broer slechts vrijgeven nadat de officier van justitie het verlof tot begraven heeft afgegeven en dat doet hij eerst na een gerechtelijke sectie.'
'Dat houdt in?'
'Autopsie.'
Gabriëlle trok een strak gezicht.
'Dat kan ik niet voorkomen?'
'Waarom zou u dat willen?'
'Het lijkt mij verschrikkelijk om opengesneden te worden.'
De Cock schudde zijn hoofd.
'De officier van justitie is in dergelijk zaken onverbiddelijk. Iedereen dient zich aan zijn uitspraak te houden.'
Gabriëlle zuchtte.
'U bent al de hele dag met het onderzoek naar de dood van mijn broer bezig?'
'Inderdaad,' knikte De Cock. 'We hebben al een aantal belangrijke getuigen gehoord.'
'En?'
'Wat bedoelt u?'
'Heeft u daarbij vorderingen gemaakt?'
'Dat nog niet. Wij hebben ook een kijkje genomen in de woning van uw broer.'
De oude rechercheur nam een kleine pauze en keek naar Gabrielle. Toen waagde hij de vraag.

'Was Jean-Baptiste pedofiel?'
Gabriëlle reageerde met een matte glimlach.
'U doelt op de afbeeldingen van naakte jongens op de wanden van zijn kamer?'
De Cock knikte.
'We hebben ook zijn computer opgestart. Daarin hebben we bestanden met vele naaktfoto's van jongemannen gevonden.'
Gabriëlle schudde haar hoofd.
'Dat wist ik niet. Ik heb alleen in zijn computer gekeken om te zien of hij nog vorderingen had gemaakt bij het schrijven van zijn nieuwe detective.'
De Cock keek haar schuins aan.
'Ik heb nog geen antwoord op mijn vraag.'
'Welke?'
'Was Jean-Baptiste pedofiel?'
Gabriëlle liet haar hoofd iets zakken.
'Ja,' zei ze bedrukt.
Het was nauwelijks hoorbaar.
Na enige tijd richtte zij zich weer op.
'Onze... eh, onze vader was een vreemde man,' ging ze wat weifelend verder. 'Hij was volgens onze jonggestorven moeder blij met mijn geboorte. Ik ben door mijn vader van kinds af aan op handen gedragen.'
'Jean-Baptiste niet?'
Gabriëlle schudde haar hoofd.
'Tegenover Jean-Baptiste was hij heel anders. Hij had het liefst nog een tweede dochter gehad. Op een jongen, had hij tegen mijn moeder gezegd, zit ik niet te wachten. Ook toen Jean-Baptiste opgroeide liet hij duidelijk blijken dat hij niet van een zoon gediend was. Hij vond hem veel te week... niet echt een man.'
De Cock keek haar onderzoekend aan.
'Dat heeft volgens u invloed gehad op het karakter van uw broer?'
Gabriëlle knikte.
'In tegenstelling tot mijn autoritaire vader, voelde Jean-Baptiste zich bij het ouder worden juist aangetrokken tot jongemannen...

kinderen soms. Ik heb daarover wel eens wat tegen hem gezegd. Ik heb hem toen berispt... ernstig terechtgewezen.'
Ze schudde haar hoofd en zuchtte.
'Helaas, zonder merkbaar resultaat. Aanvankelijk dacht ik... en ik hoopte dat ook min of meer... dat Jean-Baptiste homo was, maar bij mijn weten heeft hij nooit een echte vriend gehad.'
Vledder schoof heen en weer op zijn stoel. Het liefst wilde hij deelnemen aan het verhoor, maar hij wilde geen onenigheid met zijn oude collega. Zijn maag knorde. De Cock at nooit overdag, die leek pas aan eten te denken wanneer hij thuis was. Vledder hoorde dat De Cock van onderwerp veranderde.
'Kent u Edward van Ravensburg?' vroeg hij.
Gabriëlle trok een vies gezicht.
'Zo'n lange magere man met een bleek gezicht en vreemde lichtgroene ogen?'
De Cock lachte.
'Een angstig nauwkeurige persoonsbeschrijving.'
'Ik heb hem eens bij Jean-Baptiste thuis ontmoet. Een griezel van een vent.'
'Was uw broer een rijk man?'
Gabriëlle lachte een korte schelle lach.
'De armoedzaaier. De boeken die hij schreef brachten bijna niets op.'
Terwijl hij verder sprak, keek De Cock haar vorsend aan.
'In zijn computer vonden wij afschriften van zijn bankrekening...' hij stopte even, '... daaruit bleek dat hij over ruim een half miljoen euro kon beschikken.'
Gabriëlles ogen puilden haast uit hun kassen.
'Een half miljoen?'
'Ja.'
Gabriëlle schudde wild haar hoofd.
'Dat kan niet waar zijn. Dat is niet waar. Dat is niet waar...'
Ze herhaalde het als een echo.
De Cock liet haar even begaan.
'De afschriften dateren,' ging hij door, 'van kort voor zijn dood.'
Gabriëlle maakte een afwerend gebaar.

‘Hij... eh, hij,’ stotterde ze, ‘hij leende zelfs regelmatig geld van mij.’
De Cock strekte zijn rechterhand naar haar uit.
‘Ik raad u aan,’ sprak hij ernstig, ‘die rekening bij zijn bank in de gaten te houden. Als er geen testament is, bent u de enige erfgename.’
De mond van Gabriëlle viel wijd open en haar helblauwe ogen begonnen vreemd te draaien. Voordat De Cock het kon verhinderen, gleed ze bewusteloos van haar stoel.

8

Vledder keek De Cock verschrikt aan.
'Ze hebben die Gabriëlle meegenomen... liggend op een brancard.'
In zijn stem trilde verwondering.
'Is het zo ernstig?'
De Cock tuitte zijn lippen.
'De broeders van de Geneeskundige Dienst achtten het beter haar even voor controle aan het AMC* te presenteren. Ze vonden dat het te lang duurde voordat Gabriëlle weer geheel tot haar positieven kwam.'
Vledder gniffelde.
'Ik zag het helemaal niet zo ernstig in. Ik dacht dat het een gewone appelflauwte was, misschien zelfs gespeeld.'
De Cock gromde.
'Dat die griet juist tijdens mijn verhoor in katzwijm moet vallen,' sprak hij geërgerd. 'Ik verwachtte dat niet. Ik heb ook niets aan haar gemerkt. Haar ogen werden wel zo groot als schoteltjes, maar mijn mededeling dat haar broer zo veel geld op zijn rekening had staan, moet haar hebben geraakt als een mokerslag.'
Vledder keek hem aan.
'Begrijp jij dat?'
De Cock trok zijn schouders op.
'Ik weet niet welke associaties die mededeling bij haar teweeg hebben gebracht... welke gedachte zij daar op dat moment aan heeft verbonden. Het was blijkbaar een schok, die ze niet heeft kunnen verwerken.' Op het gezicht van de oude rechercheur kwam een venijnige trek. 'Die stomme griet is mij gewoon ontglipt.'
Vledder keek hem verrast aan.

* Academisch Medisch Centrum.

'Zolang ik je ken, is dit voor het eerst dat ik jou iets onaardigs over een mooie vrouw heb horen zeggen. Dat is niet gewoon. In de regel neem jij zulke wezens volledig in bescherming.'
De Cock knikte.
'Terecht. Als ik iets voor hen kan doen, zal ik dat niet nalaten.'
Vledder keek hem schuins aan.
'Vanwaar eigenlijk die voorkeur?'
De Cock glimlachte.
'Ik ben voorkomend jegens alle vrouwen, in welke situatie ik hen ook aantref. Dat is mijn instelling al vanaf het moment dat ik uit mijn moeders schoot rolde.'
'Dat lijkt mij rijkelijk vroeg.'
De Cock negeerde de opmerking.
'Absoluut mooie vrouwen dragen door hun schoonheid een extra noodlot met zich mee.'
'Wat voor een noodlot?' vroeg Vledder fronsend.
De Cock spreidde zijn handen.
'Ze hebben óf een verhouding met een verkeerde man, óf ze zijn ermee getrouwd. Mooie vrouwen zijn door hun emotioneel vreemde keuzes vaak diep ongelukkig.'
'Statistisch bewezen?' grijnsde Vledder.
De Cock maakte een schouderbeweging.
'Ik heb het nooit in statistieken verwerkt gezien. Het is gewoon mijn jarenlange ervaring als rechercheur. Schoonheid is voor een vrouw lang niet altijd een zegen.'
De oude speurder schudde zijn hoofd.
'Ik bedoelde ook helemaal niets onaardigs jegens Gabriëlle. De broeders van de Geneeskundige Dienst hebben een enorme ervaring. De flauwte van Gabriëlle was beslist echt... geen vlucht voor nog komende vragen in mijn verhoor. Het is feitelijk mijn eigen schuld.'
'Hoezo?'
De Cock zuchtte.
'Ik heb de verkeerde volgorde gekozen. Ik had eerst iets over die rode hartjes moeten vragen. Het was stom om eerst over het enorme geldbedrag op de bankrekening van haar broer te beginnen.'

Vledder leunde op een elleboog en keek hem verrast aan.
'Waarom was die volgorde verkeerd?'
De Cock snoof.
'Luister goed, Dick,' sprak hij nadrukkelijk, 'Je moet vragen over geldzaken in een verhoor van getuigen en verdachten altijd voor het laatst bewaren.'
Vledder keek hem niet-begrijpend aan.
'Waarom?'
De Cock trok een ernstig gezicht.
'Dan is je hoofd als verhorend rechercheur verder leeg en kun je jezelf volledig op dat belangrijke onderwerp concentreren... dan kun je er ook voldoende tijd voor uittrekken. In de regel is geld de wortel van het kwaad. Wees als rechercheur altijd uiterst alert wanneer bij een misdrijf geld een rol speelt.'
'Zoals bij de Stichting Gouden Harten.'
'Zeker. Volgens een vaderlands spreekwoord is geld een sleutel die op alle sloten past. Geld stinkt niet. Voor geld kan men zelfs de duivel laten dansen.'
Vledder trok zijn neus op.
'Ook de politie?'
'Dans jij voor geld?' reageerde De Cock met een gestrekte wijsvinger.
'Ik ben de duivel niet,' grijnsde Vledder.
De Cock maakte een hulpeloos gebaar.
'We kennen in onze taal ook de kreet: geld dat stom is, maakt recht wat krom is.'
Vledder knikte.
'Je bedoelt, met geld is alles mogelijk... ook een dansende rechercheur.'
De Cock stak gebarend zijn wijsvingers omhoog.
'Precies. Geld is een vloek. Vrijwel alle misdaden vinden hun oorsprong in geld of bezit. Alleen de Koninklijke Nederlandse Munt denkt positief over geld. Haar lijfspreuk luidt: Het geld hier uit metaal verkregen zij nooit ten vloek doch steeds ten zegen.'
Vledder schoof zijn onderlip naar voren.
'Waar jij het allemaal vandaan haalt? Maar het is een mooie spreuk.'

De oude rechercheur grinnikte.
'Ik vermoed dat de Nederlandse Munt die spreuk heeft bedacht om in ieder geval haar eigen product een beter aanzien te geven.'
'Ik zou nu wel een paar muntjes in mijn hand willen hebben. En die zou ik bij de automatiek in de muur stoppen. Mijn maag rammelt namelijk!'
De grijze speurder keek op de klok boven de toegangsdeur tot de recherchekamer.
'Je hebt gelijk. Het is bijna halfelf. We stoppen ermee. Ik ga naar huis. Ik vind het mooi voor vandaag. Wij zijn wel niet zo veel opgeschoten, maar het was toch een welbestede dag. Bel nog even met het AMC en vraag hoe het met Gabriëlle gaat, of ze al naar huis is. Ik wil morgen graag nog met haar over de rode plastic hartjes praten.'
Voordat Vledder het toestel naar zich toe had kunnen trekken, rinkelde de telefoon. De jonge rechercheur boog zich loom naar voren en pakte de hoorn op.
De Cock lette scherp op zijn gelaatsexpressies. Hij kende de reacties van zijn collega. Verschrikt zag hij toe hoe het gezicht van de jonge rechercheur verbleekte.
Met trillende handen legde Vledder de hoorn op het toestel terug.
De Cock keek hem gespannen aan.
'Wie was het?'
Vledder zuchtte.
'De wachtcommandant beneden.'
'En?'
'Hij heeft zojuist een telefoontje gekregen van een nerveuze interieurverzorgster. Ze heeft samen met haar vriendin in het kantoor van de Stichting Gouden Harten aan de Brouwersgracht een dode man aangetroffen.'
De Cock fronste zijn wenkbrauwen.
'Vermoord?'
Vledder knikte.
'Een groot mes in zijn rug.'

Vledder startte de motor en zette de ruitenwissers aan. In de gutsende regen reed hij hun Golf vanaf de steiger achter het politiebureau naar de Oudebrugsteeg. De regen roffelde krachtig op het dak. Om een blik op de zwiepende ruitenwissers te ontwijken, liet De Cock zich ver onderuitzakken.
Vanaf de Oudebrugsteeg nam Vledder een scherpe, bijna haakse bocht rechts naar de rijbaan van het Damrak. De motor bonkte een luid protest. De oude Golf heeft kreunende ingewanden, dacht Vledder, net als ik.
De Cock klemde zijn oude lijf met moeite vast aan zijn stoel. Wat verkreukeld keek hij met een verwijtende blik schuin omhoog.
'Hé, hé,' bromde hij geschrokken. 'Doe kalm aan. Dood is dood. Onomkeerbaar. Daar verander jij niets meer aan. En voor de kans dat de dader nog ter plekke is, kun je beter in de Staatsloterij spelen.'
Vledder nam gedwongen wat gas terug. Voor het stoplicht bij de Prins Hendrikkade stond een rij wachtende auto's. De Cock drukte zich iets omhoog en voelde of zijn ruggengraat geen averij had opgelopen. Daarna keek hij naar de spiegelende lichtreclames in het natte asfalt. Geamuseerd blikte hij opzij naar de opgewonden Vledder, die foeterde omdat de file niet opschoot.
De Cock grinnikte.
'We hadden beter kunnen lopen.'
Vledder maakte een hoofdbeweging voor zich uit.
'In die gutsende regen? Het enig positieve zou zijn dat ik onderweg een broodje had kunnen nemen. Maar we zouden nat zijn geweest tot ons hemd voor we de Brouwersgracht hadden bereikt.'
De Cock gromde.
'Het wordt tijd dat je een behoorlijke regenjas koopt en een hoed of een pet om je kop droog te houden.'
Vledder keek hem vernietigend aan.
'Ik ben geen oude man, zoals jij.' De jonge rechercheur grinnikte vreugdeloos. 'Ik zie mij al in een stijve regenjas met zo'n bezopen hoedje op mijn kop. Meneer de rechercheur. Mijn leren jack is van alle jaargetijden.'

De Cock liet het onderwerp rusten.
Het verkeer in de binnenstad zat muurvast. Weer of geen weer, dag of nacht. Het duurde bijna een halfuur voor ze met hun Golf eindelijk de Brouwersgracht hadden bereikt. Voor nummer 713 troffen ze in de deuropening van het gebouw van de Stichting Gouden Harten twee verkleumde vrouwen.
De Cock en Vledder liepen op hen toe.
De jongste van de twee vrouwen deed een stap naar voren en trok een brede grijns.
'Ik begrijp nu,' sprak ze schamper, 'waarom er in Amsterdam zo veel moorden worden gepleegd. Voor dat jullie er zijn...'
Ze maakte haar zin niet af, omdat De Cock een verontschuldigend gebaar maakte.
'We zaten vast in de file.'
De jonge vrouw grinnikte.
'Files,' sprak ze minachtend. 'Ook jullie schuld. Moeten jullie het verkeer beter regelen.'
De Cock negeerde de opmerking.
'Waarom zijn jullie nog zo laat aan het werk?' vroeg hij.
De jongste vrouw nam weer het woord.
'Wij twee... Mien en ik... hebben samen een piepklein bedrijfje... schoonmaken. We werken vaak voor de heer Spencer van de Gouden Harten. We hebben ook de sleutel van dit gebouw. Vanmiddag belde hij op en vroeg of wij de vergaderzaal nog even onder handen wilden nemen. Morgenmiddag is hier een bijeenkomst.'
'En toen?'
'We hadden nog wat andere klussen, die hebben we eerst afgemaakt. Dit karweitje voor de Gouden Harten hebben we voor het laatst bewaard.'
De jongste vrouw wees naar de Golf.
'Worden we straks ook thuisgebracht? Met dat onderzoek van jullie zal het wel een latertje worden.'
De Cock knikte.
'Wij brengen u naar huis. Maar wijs ons eerst de plek waar u het slachtoffer heeft aangetroffen.'
De vrouw wees naar Mien.

'Blijf jij maar zolang in de vergaderzaal. Ik loop wel even met ze mee naar kantoor.'
De Cock schonk haar een glimlach.
'Wie bent u?'
'Greet... Greet Meier.'
'Mijn naam is De Cock met ceeooceekaa,' antwoordde De Cock.
Greet spreidde haar handen.
'Wist ik toch... van de televisie. Als ik vroeger op vrijdagavond niks had te klussen, keek ik altijd.' Ze blikte naar hem op. 'Komen we nu in de krant?'
'Dat hoeft niet.'
Greet schudde haar hoofd.
'Dat mag niet. Ziet u, Mien en ik werken zwart. En als wij van die paar stuivers die wij met hard buffelen verdienen ook nog eens belasting moeten betalen, dan kunnen we ons boeltje wel aan de kapstok hangen.'
Vledder glimlachte.
'Wij zijn niet van de belasting.'
Greet Meier ging de rechercheurs voor naar het zwarte gordijn achter de katheder. Ze schoof het opzij en wees naar de open deur.
'Daar ligt hij. In het kantoor. Mien en ik zijn niet verder geweest dan hier. Daar bij de deurstijl is het knopje van het licht. Toen zagen we hem liggen met dat grote mes in zijn rug. Voor ons was het al direct duidelijk: die vent is dood.'
'Jullie zijn niet naar binnen gegaan?'
Greet grijnsde.
'We wilden geen sporen vernielen.'
'Jullie hebben hem niet herkend? Ik bedoel, jullie hebben het slachtoffer nooit eerder gezien?'
Greet schudde haar hoofd.
'Zo nauw hebben we niet gekeken. We waren allebei toch wel aardig geschrokken. Tja, je komt als werkster niet elke dag een lijk tegen.'
'Welke telefoon hebben jullie gebruikt?'
Greet wees achter zich.

‘Daar in de vergaderzaal is ook een telefoon. Daarvandaan heb ik de Warmoesstraat gebeld.’
‘Kennen jullie buiten de heer Spencer nog andere leden van de Gouden Harten?’
‘We handelen alles met de heer Spencer af. Die betaalt ons eenmaal in de maand... contant. En als wij hier schoonmaken, dan is er nooit iemand.’
De Cock knikte begrijpend en stapte het kantoor binnen. Het slachtoffer lag op vrijwel dezelfde plek als waar de rechercheurs eerder op die dag het lichaam van Jean-Baptiste de Boyer hadden aangetroffen.
Ook deze man lag op zijn buik. Zijn benen iets uit elkaar. De rechterarm stak naar voren met de palm van de hand omhoog. In de rug tussen de schouderbladen stak tot aan het heft een slanke stiletto.
Vledder hurkte bij de man neer.
In de palm van de uitgestoken rechterhand ontdekte hij een klein rood plastic hartje.
De jonge rechercheur hijgde.
‘Net zo’n hartje als bij Jean-Baptiste de Boyer.’
De Cock zuchtte.
‘Hetzelfde type slanke stiletto. Ongetwijfeld ook dezelfde moordenaar.’
Vledder keek omhoog.
‘Ik kan zijn kop niet goed bekijken. Zal ik zijn gezicht iets draaien, zodat ik kan zien wie hij is?’
‘Niet nodig.’
Vledder reageerde verrast.
‘Niet nodig?’
‘Ik weet wie hij is.’
Vledder keek De Cock verwonderd aan.
‘Hoe?’
De Cock gebaarde naar het slachtoffer.
‘Dat corpulente lijf... dat gladgekamde geelblonde haar en de diepe plooien in zijn vette nek. Het kan niet missen. Het is zonder twijfel Richard Verhoeven.’
Vledder kwam overeind.

‘De man die ons alles over de fraude van Edward van Ravensburg vertelde?’
‘Precies.’
Vledder gleed met zijn tong over zijn droog geworden lippen.
‘Verschrikkelijk. Koelbloedig geliquideerd... om zijn openhartigheid...’

9

De Cock trok zijn gezicht in een ernstige plooi.
'Liquidatie... jij was al bang dat dit met Richard Verhoeven zou gebeuren.'
Vledder knikte.
'Niet vreemd. Het lag volgens mij ook een beetje in de lijn van de verwachtingen.'
'Hoe bedoel je?'
Vledder spreidde zijn handen.
'Herinner jij je nog onze kennismaking met Felix de Waard?'
'Waarachtig wel. Vanmiddag... onmiddellijk na de mededeling van Gabriëlle dat haar broer werd vermist.'
'Precies.' De jonge rechercheur wees voor zich uit. 'Toen jij er bij hem op aandrong om wat openhartiger te zijn en eerlijk en precies te vertellen wat hij wist, was zijn reactie: *Ik voel er niets voor om net als Jean-Baptiste de Boyer te worden geliquideerd.*'
De Cock staarde even voor zich uit.
'En toen ik hem vroeg of wij verder nog medewerking van hem konden verwachten, antwoordde hij: *Te gevaarlijk. Ik heb het leven nog te lief.*'
'Dat bedoel ik,' zei Vledder. 'Felix de Waard nam de dreiging van een liquidatie wel degelijk serieus.' Hij gebaarde naar de dode man voor hem op de vloer. 'Als die zo voorzichtige Felix de Waard, de vriend van Gabriëlle, straks verneemt hoe na Boyer nu ook deze Richard Verhoeven om het leven is gekomen, klapt hij helemaal dicht.'
De Cock grijnsde. 'Tenzij,' sprak hij langzaam, 'wij Felix de Waard de duimschroeven aanleggen.'
Vledder schudde zijn hoofd. 'Ho ho, dat mag niet meer,' reageerde hij lachend. 'De tortuur is uit een grijs verleden.'
De Cock gniffelde. 'Ik bedoel dat niet letterlijk. Ik denk aan figuurlijke duimschroeven.'

De oude rechercheur streek peinzend met zijn pink over de rug van zijn neus.
'Ik heb het idee,' formuleerde hij bedachtzaam, 'dat die voorzichtige Felix de Waard zo veel wetenschap bij zich draagt, dat hij ons precies zou kunnen vertellen wat er in de boezem van de stichting speelt.'
Vledder keek hem schuins aan.
'Denk jij echt,' vroeg hij gespannen, 'dat De Waard exact weet wie voor die verschrikkelijke liquidaties in dit enge kantoor verantwoordelijk is of zijn?'
De Cock maakte een hulpeloos gebaar.
'Het is een inschatting,' antwoordde hij voorzichtig. 'Meer niet.'
Vledder grijnsde breed.
'Intussen zal onder de leden van de Stichting wel zijn uitgelekt dat Verhoeven bij ons aan de Warmoesstraat uitgebreid over de fraude van Edward van Ravensburg heeft verklaard.'
De Cock gniffelde.
'Volgens Van Ravensburg gonsde het onder de leden van de geruchten.'
'Hoe dan ook,' gromde Vledder, 'de openbaringen van Verhoeven leidden tot zijn dood.'
'Gezien de uitlatingen van Felix de Waard... een voor de hand liggende conclusie.'
'Dat betekent dat het absoluut geen zin heeft om bij die man nadere uitleg te vragen.'
'Hoe zei hij dat ook weer?' vroeg De Cock.
'Te gevaarlijk. Ik heb het leven nog te lief,' citeerde Vledder.
De Cock wierp opnieuw een blik op het lijk aan zijn voeten. Hij sloeg met zijn vuist in de palm van zijn andere hand.
'Als de dood van Jean-Baptiste de Boyer en Richard Verhoeven beide liquidatiemoorden zijn,' sprak hij geërgerd, 'dan moet er toch iemand in de Stichting van de Gouden Harten zijn die het bevel tot die liquidaties geeft. Iemand draagt daarvoor toch de verantwoording?'
Vledder trok zijn schouders op.
'Julius Spencer?'
'Ik kan mij vergissen, maar die man dicht ik dat niet toe. Spen-

cer is geen krachtfiguur, geen echte, strakke leider. Edward van Ravensburg noemde hem zelfs een sukkel.'
'We kunnen toch probéren,' zei Vledder geërgerd, 'om die sukkel aan de praat te krijgen. Officieel is hij de leider van de club.'
De Cock liet het onderwerp rusten. Hij gebaarde met een draaibeweging van zijn hand naar de dode Richard Verhoeven op de vloer.
'Heb je nog aan hem gevoeld, wat is zijn temperatuur?'
Vledder schudde zijn hoofd.
'Daar ben jij beter in dan ik. Ik heb niet graag contact met lijken.'
De Cock hurkte bij de dode neer en voelde met de rug van zijn rechterhand aan de wang. Met zijn mond halfopen keek de grijze speurder omhoog.
'Hij is nog warm,' zei hij verrast. 'Volgens mij is hij nog geen uur dood.'
Vledder fronste zijn wenkbrauwen.
'Weet je dat zeker?'
Met krakende knieën kwam De Cock overeind.
'Dat schat ik zo.'
De oude rechercheur zweeg even. Hij blikte onrustig, niet-begrijpend om zich heen.
'Waar blijft de meute?' vroeg hij. 'Die lui hadden hier toch allang moeten zijn.' Hij keek opzij naar Vledder. 'Heb jij de meute niet gewaarschuwd?'
Vledder schudde zijn hoofd.
'Ik ging ervan uit dat de wachtcommandant dat wel had gedaan.'
De Cock gebaarde geïrriteerd.
'Zoek dat uit en breng dan die twee interieurverzorgsters naar huis. Dat heb ik beloofd.'
De oude rechercheur stak zijn wijsvinger omhoog.
'En vraag hun onderweg hoe laat ze vanavond hier in het gebouw kwamen... zo exact mogelijk... of ze daarna onmiddellijk dat lijk hebben ontdekt of dat ze eerst nog een poosje hebben gewerkt voor ze naar het kantoor gingen.'
Vledder knikte gedwee.

‘Ik begrijp het. Een dicht benaderd tijdstip van overlijden kan later voor ons onderzoek en de bewijsvoering belangrijk zijn.’
‘Precies.’
‘Wat doe jij intussen?’
De Cock zuchtte.
‘Ik vang de meute wel op. Die zullen niet blij zijn op dit uur.’

Bram van Wielingen kwam met dreunende tred het kantoor binnen. Zijn gezicht stond op storm.
‘Dit heb je mij nog nooit eerder geflikt.’
De Cock keek hem niet-begrijpend aan.
‘Wat?’
‘Twee moorden op één dag.’
De Cock maakte een verontschuldigend gebaar.
‘Aan mijn handen kleeft geen bloed. Twee moorden op één dag is ook mij te veel. Maar het is al een nieuwe dag, als je goed op je horloge hebt gekeken.’
‘Dat maakt het nog veel erger. Nachtbraker.’
Bram van Wielingen zette zijn aluminium koffertje redelijk bruusk op een bureaustoel.
‘Had je na die eerste moord vanmiddag de tent hier niet kunnen sluiten?’
De Cock trok zijn schouders op.
‘Daar zag ik vanmiddag geen reden toe.’ Hij gebaarde naar de dode man op de vloer. ‘Dan hadden ze hem gewoon ergens anders vermoord.’
Van Wielingen wees naar de uitgestoken rechterhand van het slachtoffer.
‘Weer zo’n prutserig klein rood hartje.’
De Cock knikte.
‘En weer eenzelfde soort stiletto in zijn rug.’
‘Weer dezelfde dader?’
‘Absoluut.’
‘Weet je al wie hij is?’
De Cock glimlachte.
‘Volgens de vette kwabben in zijn nek is het Richard Verhoeven, een vooraanstaand lid van de Stichting Gouden Harten.’

'Dat slachtoffer van vanmiddag was toch ook lid van die stichting?'
'Ja.'
'Wat doen die lui... elkaar afmaken tot het een Stichting Dode Harten is?'
'Daar lijkt het op.'
De fotograaf pakte de fraaie Hasselblad uit zijn aluminium koffertje en monteerde een flitslicht. 'Heb je nog bijzondere wensen?'
'Hetzelfde recept als vanmiddag. Maak eerst maar een paar plaatjes van de situatie zoals wij het slachtoffer hebben aangetroffen... met zijn platte bek pal op de vloer. Daarna kantelen wij hem een beetje, zodat je ook zijn gezicht kunt fotograferen.'
De oude rechercheur draaide zich om. In de deuropening van het kantoor stond dokter Den Koninghe. Achter hem torenden twee broeders van de Geneeskundige Dienst met hun onafscheidelijke brancard.
De Cock liep met een brede glimlach op de dokter toe.
'Alles goed?' vroeg hij belangstellend.
Dokter Den Koninghe blikte om zich heen.
'We waren hier vanmiddag toch ook al?'
In zijn stem trilde verwondering.
De Cock wees naar het slachtoffer op de vloer.
'Dit is de tweede vandaag.'
Dokter Den Koninghe liep op de dode toe en boog zich over hem heen. Hij wees naar het heft van de stiletto.
'Ik ben met hem gauw klaar. Hij is dood.'
'Volgens mij nog niet zo erg lang,' antwoordde De Cock.
Dokter Den Koninghe knielde bij het slachtoffer.
'Mag hij even op zijn rechterzij? Ik kan zijn gezicht zo niet zien.'
De Cock blikte naar Van Wielingen.
'Heb je al genoeg plaatjes van hem?'
'Ja.'
'Help dan even mee. Voorzichtig. Met de stand van die stiletto in de rug mag niets gebeuren. Dan krijg ik morgen problemen

met de patholoog-anatoom. Dokter Rusteloos is streng in die dingen.'
Toen De Cock en de fotograaf het lijk iets hadden gekanteld, keek de oude lijkschouwer in het gelaat van de dode, voelde aan zijn wangen en betastte zijn kin. Met krakende knieën kwam hij omhoog.
'Je hebt gelijk. De temperatuur van de man is nauwelijks gedaald. Ik schat het tijdstip van overlijden op ongeveer één à twee uur geleden. Zeker niet langer.'
Bram van Wielingen nam snel een foto van het gezicht van het slachtoffer. Daarna kantelden hij en De Cock het lijk weer in zijn oorspronkelijke positie.
De grijze speurder bleef geduldig naast dokter Den Koninghe staan wachten tot die zijn ziekenhuisbrilletje met zijn pochet had schoongewreven.
Toen hij de ceremonie had voltooid, wees de oude lijkschouwer opnieuw naar de stiletto.
'Kijk eens in de kring van je verdachten naar iemand met een medische opleiding. Dat mes is met dodelijke precisie naar het hart gebracht.'
De Cock glimlachte.
'U sprak vanmiddag van een toevalstreffer.'
'Maar twee toevalstreffers op één dag... daar geloof ik niet in.'
Dokter Den Koninghe lichtte tot afscheid zijn groen uitgeslagen garibaldihoed, draaide zich om en liep het kantoor uit.
De Cock keek hem na. Daarna wendde hij zich tot de fotograaf, die zijn Hasselblad behoedzaam in zijn koffertje teruglegde.
'Ben je klaar?'
Van Wielingen knikte. 'Ik heb alles. Morgenochtend heb je een dubbele reportage op je bureau.'
De fotograaf nam afscheid en De Cock wenkte de broeders naderbij.
'Laat hem op zijn buik liggen.'
De oudste broeder glimlachte.
'Ik weet het. Dokter Rusteloos wil niet dat die wond in zijn rug wordt beschadigd.'

De broeders drapeerde een laken om het corpulente lijf van Richard Verhoeven. De canvas flappen lieten ze hangen. Zacht wiegend droegen ze hem het kantoor uit. De Cock vond het niet meer zo komisch als bij het eerste slachtoffer van die dag.
Vledder stond ineens naast hem. Hij wees naar de vertrekkende broeders van de Geneeskundige Dienst.
'Je bent hier klaar?'
De Cock schoof de mouw van zijn regenjas iets terug en keek op zijn horloge.
'Het is waarachtig na middernacht,' verzuchtte hij. 'Dit is toch te gek. Ik heb in mijn lange loopbaan bij de recherche nog nooit zo'n idiote dag meegemaakt... twee moorden op dezelfde dag en op dezelfde plek.'
Vledder keek hem peilend aan.
'Zal ik je naar huis brengen?'
De Cock schudde zijn hoofd.
'Ik wil na al die ellende een afzakkertje.'
Vledder lachte.
'Ik herken dat... jouw dorstige keel snakt naar het fluweel van een zacht cognacje.'
'Precies.'
'Kan het nog?'
De Cock schonk hem een blijde glimlach.
'Net. Lowietje is tot één uur open.'

Nadat De Cock met zijn geliefde apparaatje van Handige Henkie het pand aan de Brouwersgracht degelijk had afgesloten, stapte hij naast Vledder in hun oude Golf.
Na een korte stilte zei Vledder opgewekt: 'Lowie is geen automatiek, maar hij heeft wel lekkere snacks.'
'Heb je die twee keurige interieurverzorgsters netjes thuisgebracht,' vroeg De Cock onverstoorbaar.
Vledder knikte.
'Ze waren erg behulpzaam. Vooral die Greet Meier is een bijdehante tante. Ze zijn vanavond na hun laatste klus op de Vijzelgracht samen met de tram naar het Stationsplein gereden.'

'En vandaar?'
'Te voet naar de Brouwersgracht.'
'Hoe laat kwamen ze daar aan?'
'Greet Meier schatte dat ze er ongeveer om negen uur waren. Ik heb de tijdstippen, voor zover de vrouwen zich dat herinnerden, genoteerd. Ik zal ze morgen in een proces-verbaal verwerken. Ik weet alleen niet of we er veel aan hebben.'
'Hoe bedoel je?'
Vledder maakte een handgebaar.
'Toen ze dus zo omstreeks negen uur bij de Gouden Harten kwamen, hebben ze eerst de vergaderzaal een goede beurt gegeven. Daarna zijn ze pas naar het kantoor gegaan.'
'En vonden daar het lijk van Richard Verhoeven.'
'Precies.'
De Cock zuchtte.
'Ik begrijp het. Het exacte tijdstip van het ontdekken van het lijk is niet vast te leggen.'
Vledder schudde zijn hoofd.
'Je kunt het die twee vrouwen niet kwalijk nemen. Ze hadden, net als wij, een werkzame dag achter de rug.' Even zweeg hij. 'Ik heb wel een nieuwtje voor je.'
'Dat is?'
'Ze hebben een man gezien.'
De Cock keek hem gespannen aan.
'Wat?'
Vledder knikte.
'Toen ze op de Brouwersgracht het pand van de stichting naderden, zagen ze een man weglopen. Ze konden niet met zekerheid zeggen of die man uit het pand kwam. Daarvoor was de afstand te groot.'
De Cock schudde bedroefd zijn hoofd.
'Jammer.'
'Maar naar jouw schatting van het tijdstip van overlijden van Richard Verhoeven lijkt mij die man toch wel belangrijk... zit hij dicht bij het moment van de daad. Bovendien...'
De Cock interrumpeerde.
'Heb je een signalement?'

Vledder liet het stuur van de Golf even los en spreidde zijn handen.
‘Dat wil ik net zeggen: bovendien droeg hij een wijde zwarte cape met capuchon.’

10

Lowietje, vanwege zijn geringe borstomvang in het wereldje van de penoze meestal Smalle Lowietje genoemd, begroette de grijze speurder uitbundig.
'Een tijd niet gezien,' kirde hij. Zijn spichtige muizensmoeltje glom van genegenheid. 'Ik dacht dat je mijn etablissement was vergeten. Dat je de weg naar Lowietje niet meer kon vinden.'
De Cock kneep zijn ogen even dicht.
'Blindelings,' lachte hij. 'Ik ga gewoon op de geur af, de prikkelende geur van cognac.' Hij schuifelde naar het einde van de bar, waar een plekje vrij was, en hees zijn zware lichaam naast Vledder op een kruk. Grijnzend maakte hij met zijn hand een drinkbeweging.
'Heb je nog?'
Smalle Lowietje trok een verongelijkt gezicht.
'Wat dacht je?'
Hij dook aalglad onder de tapkast en kwam onmiddellijk weer boven met een fles pure cognac Napoleon. Hij hield de fles triomfantelijk omhoog en tikte met een kromme vinger op het vergulde etiket.
'Zolang ik dit etablissement beheer,' sprak hij gedecideerd, 'zal zo'n fles altijd voor jou klaarstaan.'
De Cock krabde zich achter in de nek.
'Lowietje,' grinnikte hij. 'Je maakt mij verlegen. Zo veel aanhankelijkheid kan de ziel van een oude rechercheur niet verwerken.'
De tengere caféhouder schonk in.
'Dat het je wel moge bekomen,' sprak hij gedragen. Met een ernstig gezicht bracht hij zijn rechterhand naar zijn borst. 'Dit verlangen komt uit het diepst van mijn hart.'
De Cock glimlachte
'Dat geloof ik, Lowie.'
Het gedrag van Smalle Lowietje was niet zo vreemd. De tengere caféhouder beschouwde de oude rechercheur als zijn per-

soonlijke vriend. En dat was wederzijds. Hoewel Lowietje in zijn jonge jaren alles had gedaan wat het strenge Wetboek van Strafrecht en God in Zijn onmetelijke wijsheid hadden verboden, hield De Cock van Lowietje.
De grijze speurder nam het bolle glas op, schommelde het zachtjes in de hand en snoof. Op zijn brede gezicht vol groeven verscheen een glans van opperste verrukking. Omzichtig nam hij een slokje en liet het vocht genietend langs zijn dorstige keel glijden.
'Weet je, Lowie,' sprak hij peinzend, 'als alle mensen hun tijd alleen maar zouden verdoen met het vredig nuttigen van een glas goede cognac... misschien waren ze dan minder haatdragend, minder moordzuchtig.'
De tengere caféhouder staarde hem aan.
'Dat is een mooie gedachte,' sprak hij dromerig. 'Een heel mooie gedachte.'
De Cock nam het glas van zijn mond, omklemde het met zijn handen en zette het zachtjes voor zich op de bar. Het was een teder, bijna devoot gebaar. De grijze speurder hield van cognac en genoot intens van de schaarse momenten die de misdaad hem vergunde in het schemerig intieme lokaaltje van Lowietje door te brengen.
'Schenk nog eens in,' gebood hij zacht. 'En misschien heb je wat hartigs voor die hongerige man naast me.'
Lowietje gehoorzaamde met de haast en de toewijding van een geboren kastelein.
Hij streek enige malen met zijn kleine handjes langs zijn morsige vest en op zijn spichtige muizensmoeltje verscheen een uitdrukking van verwarring.
'Wat mij opeens opvalt: wat zijn jullie dit keer laat... Zo laat heb ik jullie hier nog nooit gezien. Het is al ver over twaalf. Nog even en ik sluit de tent.'
De Cock schudde zijn hoofd.
'Blijf nog even open, Lowie. Vledder en ik zijn aan een afzakkertje toe. Gewoon om bij te komen. We hebben een verschrikkelijke dag achter de rug.'
Lowietje keek van De Cock naar Vledder en terug.

‘Een verschrikkelijke dag?’ herhaalde hij vragend.
De Cock zuchtte omstandig.
‘Twee moorden. Twee gruwelijke moorden op dezelfde plek en op dezelfde manier gepleegd.’
Smalle Lowietje reageerde verrast.
‘Op één dag?’
De Cock knikte.
‘We komen net van de tweede moord terug. We hebben onze oude Golf op de houten steiger achter het bureau gezet en zijn onmiddellijk naar jou gestapt... om te vluchten... om voor een luttel halfuurtje in jouw etablissement onder het genot van een goede cognac alle misère en misdaad om ons heen te vergeten.’
Smalle Lowietje boog zich naar hem toe.
‘Waar?’
‘Wat bedoel je?’
‘Waar zijn die moorden gepleegd?’
De Cock voelde er feitelijk weinig voor om bijzonderheden te geven. Hij duimde over zijn schouder.
‘In de binnenstad.’
Lowietje grijnsde.
‘Dat snap ik,’ grinnikte hij. ‘Natuurlijk in de binnenstad. Je werkt niet voor niets aan de Warmoesstraat. Maar waar ergens in de binnenstad?’
Vledder nuttigde dankbaar de snacks die voor hem op de tapkast stonden.
De Cock zweeg en nam nog een slok van zijn cognac.
‘Er bestaat een instelling,’ begon hij terughoudend tegen Lowie, ‘die sponsors zoekt en geld inzamelt voor goede doelen. De Stichting Gouden Harten.’
Er gleed een schaduw over het gezicht van Smalle Lowietje.
‘Aan de Brouwersgracht.’
De Cock keek hem verrast aan.
‘Ken jij die stichting?’ vroeg hij verwonderd.
De caféhouder schudde zijn hoofd.
‘Ik ben er nooit geweest.’ Hij grijnsde breed. ‘Ik heb nu eenmaal weinig vertrouwen in al die zogenaamde instellingen voor goede doelen. Je weet niet waar je geld blijft, wat ze ermee doen.’

De Cock glimlachte.
'Daar moet je op vertrouwen.'
Smalle Lowietje trok zijn tengere schouders op.
'Dat vertrouwen heb ik niet.'
Hij zweeg even.
'Nou ja, ik heb daar op de Brouwersgracht ook helemaal niets te zoeken.'
De Cock beluisterde de toon van die laatste woorden.
'Wie... eh,' vroeg hij dwingend, 'wie heeft er dan wel iets te zoeken?'
Lowietje wuifde met zijn hand. Toen boog hij zich voorover.
'Die tent op de Brouwersgracht is een verkapte hoerenkast.'
De Cock schoof in verrassing zijn glas iets van zich af.
'Een wat?'
'Een verkapte hoerenkast.'
'Dat geloof ik niet.'
Lowietje maakte een verontschuldigend gebaar.
'Daar zitten geen hoeren... geen echte hoeren bedoel ik, zoals hier op de Wallen, maar ten behoeve van een verstokte pedofiel hebben ze daar altijd wel een paar gewillige knaapjes in voorraad.'
De Cock keek hem ongelovig aan.
'Daar aan de Brouwersgracht?' Zijn stem beefde van ongeloof.
'Ja, aan de Brouwersgracht.'
De Cock draaide zijn hoofd naar Vledder en weer terug naar Lowietje.
'Vledder en ik zijn er vandaag twee keer geweest. We hebben dat pand uitputtend bekeken. Het lijkt mij geen plek, geen ambiance om... eh, gezellig ontucht te bedrijven.'
Smalle Lowietje maakte een grimas.
'Ontucht... wat is nu ontucht?' riep hij wuivend. 'Dat woord ken ik niet.'
De Cock reageerde fel.
'Je weet best wat ik bedoel.'
Lowietje spreidde zijn handen.
'Ik weet niet waar de afwerking gebeurt. Waar de pedofielen hun knaapjes ter beschikking krijgen. Maar ik weet vrijwel ze-

ker dat de contacten met de pedofielen in dat pand aan de Brouwersgracht worden gelegd.'
De Cock trok zijn gezicht in een ernstige plooi. Hij boog zich over de bar naar hem toe.
'Dit is belangrijk, Lowie,' sprak hij ernstig. 'In verband met ons onderzoek... heel belangrijk. Hoe kom jij aan die informatie?'
De tengere caféhouder gebaarde om zich heen.
'Er druppelen hier soms de vreemdste klanten binnen... ook pedofielen. Dat is onvermijdelijk. Mijn etablissement staat open voor iedereen.'
Hij zuchtte diep.
'Er wordt bij mij aan de bar door al mijn klantjes heel wat gesmoesd, gezwamd en geleuterd. Ik heb door de jaren heen een getraind gehoor gekregen. Ik bedoel, ik hoef niet naar iemand te kijken om te horen wat hij of zij zegt. Ik versta het toch wel.'
De Cock knikte begrijpend.
'Zo,' stelde hij bedaard vast, 'kwam jij erachter dat je als pedofiel op de Brouwersgracht bij de Stichting Gouden Harten wel terecht kon.'
'Precies.'
De Cock nam nog een slok van zijn tweede cognac.
'Heb jij wel eens een pedofiel naar dat pand aan de Brouwersgracht verwezen?'
Smalle Lowietje reageerde furieus.
'Als een of andere vent mij influistert,' sprak hij geëmotioneerd, maar niet zo luid dat anderen aan de tapkast het konden horen, 'dat hij op seksueel gebied bepaalde wensen heeft, dan wil ik hem wel een geschikt hoertje aanbevelen, maar pedofielen...'
Hij maakte zijn zin niet af.
De Cock glimlachte.
'Die verwijs je dus niet.'
Lowietje schonk voor de derde keer in.
'Kijk,' legde hij geduldig uit, 'hier rondom mij op de Wallen zitten de snolletjes, de hoertjes in de business... hoor je: bis-senis. En business is geen ontucht.'
Hij zweeg even.

'Ook de hoerenkerels,' ging hij verder, 'de kerels die van de snollen en hoeren gebruikmaken, plegen geen ontucht. Ze zijn al eeuwenlang een wezenlijk onderdeel van diezelfde business.'
De Cock pakte zijn glas op.
'Het is me duidelijk, Lowie,' zei hij. 'Pedofielen plegen volgens jou het "woord", waarvan jij zegt dat je het niet kent. Pedofilie krijgt van jou niet het predicaat business. En daarom worden ze door jou niet naar de Brouwersgracht verwezen.'
Vledder grinnikte en op het vriendelijke muizensmoeltje van de tengere caféhouder verscheen een brede glimlach.
'Het verbaast me... voor een oude rechercheur ben je toch nog aardig vlug van begrip.'

Toen De Cock de volgende morgen de grote recherchekamer binnenstapte, wierp hij zijn oude hoedje met een zwierige zwaai naar de kapstok en miste op een paar centimeter. Lachend pikte hij zijn hoedje van de vloer, hing het aan een haak en trok zijn regenjas uit.
In zijn slome slenterpas slofte hij naar zijn bureau. Voor hij zich op zijn stoel liet zakken, keek hij geamuseerd naar de jonge Vledder, die zittend achter het scherm van zijn computer, zijn rappe vingers razendsnel over het toetsenbord liet dansen.
'Je hebt er zin in,' gniffelde hij vrolijk.
Vledder liet zijn vingers rusten en keek op.
'Jij bent te laat... ruim een uur.'
Het klonk bestraffend.
De Cock grinnikte.
'Niets om je over op te winden. Het privilege van een oude rechercheur.'
Vledder schudde zijn hoofd.
'Het stijgen der jaren kent geen privileges. Dat staat nergens. Je bent nog niet gepensioneerd en je hebt gewoon de plicht om op tijd te komen.'
Hij tikte met een nagel tegen de zijkant van zijn computerscherm.
'Een groot deel van onze bevindingen van gisteren heb ik al verwerkt.'

De Cock liet zich op zijn stoel zakken.
'Het late verhaal van Smalle Lowietje gisteravond heb je er toch uit gelaten, hoop ik?'
Vledder schoof zijn computer iets opzij.
'Wil je dat niet gebruiken?'
De Cock schudde zijn hoofd.
'Voorlopig niet. Bovendien is het gegeven veel te summier. Het heeft ook geen enkele bewijskracht. Smalle Lowietje heeft geen namen genoemd van pedofielen die relaties met leden van de Stichting Gouden Harten onderhouden.'
Vledder trok een grijns.
'Hij heeft iets opgevangen... zonder naar de sprekers te kijken.'
De Cock trok een bedenkelijk gezicht.
'Dat absolute gehoor van Smalle Lowietje trek ik ernstig in twijfel.'
'Hoezo?'
'Ik ken hem al zo lang. Een eeuwigheid. Ik heb nog nooit iets van de bijzondere scherpte van zijn gehoor gemerkt. Ik vermoed dat Lowietje wel weet welke pedofielen dat zijn, maar die smoes van een absoluut gehoor gebruikt hij om mij te kennen te geven dat hij hun namen niet wil noemen. Het zijn vermoedelijk klanten van hem. Mensen die misschien al jaren in zijn etablissement komen.'
Vledder glimlachte.
'Hij neemt je dus in de maling.'
De Cock schudde zijn hoofd.
'Zo moet je dat niet opvatten. Hij wilde zijn kennis over de pedofilie bij de Gouden Harten wel doorspelen, maar zijn bronnen beschermen.'
Vledder maakte een verontschuldigend gebaar.
'Jij bent zo veel jaren ouder dan ik, jij zit zo veel jaren langer in dit schemerige beroep. Neem me niet kwalijk dat ik een ogenblik de betrouwbaarheid van Smalle Lowietje in twijfel trok.'
De Cock lachte.
'Ik neem jou niets kwalijk. In de relatie tussen mij en Lowie is sprake van een subtiel spel, met hele en halve toespelingen, hele en halve waarheden.'

'Leer ik dat nooit?'
'Misschien later.'
Vledder sloeg ineens met zijn vuist op zijn bureau.
'Ben ik vergeten.'
De Cock keek hem niet-begrijpend aan.
'Wat?'
Vledder gebaarde naar de deur van de recherchekamer.
'Buitendam.'
'Wat is er met Buitendam?'
'Je moest onmiddellijk bij hem komen zodra je binnen was.'

Commissaris Buitendam, de lange, statige chef van het politiebureau aan de Amsterdamse Warmoesstraat, wenkte met een slanke hand.
'Kom binnen, De Cock,' sprak hij geaffecteerd, 'en ga zitten.'
Hij kwam achter zijn bureau vandaan en gebaarde uitnodigend naar het zitje van stalen meubelen bij het raam, waar de commissaris slechts zijn prominente gasten ontving.
De grijze speurder trok zijn gezicht in een onwillige plooi. Nors, ontoegankelijk. Toenaderingen van zijn chef wees hij in de meeste gevallen koel en hooghartig van de hand. Hij had geen hekel aan zijn commissaris, maar leefde met hem toch op een enigszins gespannen voet. De Cock hield dat graag zo, beducht voor elke inmenging in zijn wijze van onderzoek.
'Als het u hetzelfde is... ik blijf liever staan.'
Op het bleke gezicht van de commissaris kwam een lichte blos.
'Zoals je wilt.' Hij liep terug naar zijn bureau en nam wat stijfjes plaats. Voor hij opkeek rangschikte hij op zijn bureau enige bescheiden.
Het was een pose om tijdwinst te boeken.
'Jij behandelt samen met Vledder die twee moorden aan de Brouwersgracht?'
'Inderdaad.'
Buitendam raadpleegde een paar aantekeningen.
'Met de slachtoffers Jean-Baptiste de Boyer en Richard Verhoeven?'

'Ja.'
Buitendam gebaarde naar de telefoon op zijn bureau.
'Ik ben gisteravond laat – het was al na middernacht – nog benaderd door de heer Julius Spencer, directeur van de Stichting Gouden Harten. De man maakte zich ernstig zorgen om hetgeen er in het gebouw van zijn stichting heeft plaatsgevonden.'
De Cock zette zijn benen iets uit elkaar en maakte een grimas.
'Begrijpelijk. Wanneer op één dag twee prominente leden van je organisatie op een gruwelijke wijze worden vermoord, is dat inderdaad zorgelijk.'
Het klonk bijna spottend.
'De... eh, de zorgen van de heer Spencer betroffen feitelijk een ander aspect,' vervolgde de commissaris.
De Cock keek hem met een schuin hoofd aan.
'Een ander aspect?'
Commissaris Buitendam knikte.
'Hij maakte zich zorgen om het imago... om de voorstelling die het grote publiek heeft van instellingen die fondsen werven voor goede doelen. Hij vreesde dat de gepleegde moorden een nadelige invloed zouden hebben op de bereidheid van de mensen om vrijgevig te zijn.'
De Cock glimlachte.
'Daar kan ik mij iets bij voorstellen.'
De commissaris beroerde weer even de papieren op zijn bureau.
'Om de nadelige invloed van de gepleegde moorden,' formuleerde hij voorzichtig, 'in te dammen, verzoekt hij, Julius Spencer, ons – en daar heb ik alle begrip voor – om aan de moorden op de Brouwersgracht geen enkele ruchtbaarheid te geven.'
De Cock keek verbijsterd. Wat een omslachtigheid van woorden om die waanzin te uiten.
'Moeten... eh, moeten wij,' sprak hij stotterend van woede, 'de moorden verzwijgen? In de doofpot stoppen? Zeggen dat ze nooit gepleegd zijn?'
Commissaris Buitendam gebaarde heftig.
'Jij stelt het wel extreem voor, maar het moet toch te doen zijn om er zo goed als niets van naar buiten te laten komen?'

'Hoe?'
'Bijvoorbeeld door de media niet in te lichten.'
De Cock merkte dat het bloed in zijn aderen sneller begon te stromen.
'Mag het grote publiek niet weten,' sprak hij met enige stemverheffing, 'dat er in de boezem van een instelling voor het behartigen van goede doelen ook wel eens iets onaardigs gebeurt... bijvoorbeeld twee afschuwelijke moorden op één dag?'
Commissaris Buitendam klapte met zijn vuist op het blad van zijn bureau.
'De Cock,' sprak hij streng, 'je drijft door.'
De oude rechercheur schudde zijn hoofd.
'Ik hou niet van het verdoezelen van feiten. Het is niet onze taak om het grote publiek onwetend te houden over ernstige misdragingen.'
Hij zweeg even.
'En als mijn gevoel mij niet bedriegt, dan komen er bij de Stichting Gouden Harten nog meer zaken aan het licht die het publiek zullen schokken.'
Buitendam gromde.
'Ik wil van die zaken volledig op de hoogte worden gebracht.'
De Cock snoof.
'Waarom? Om die opzienbarende zaken in een wazige sluier van onzichtbaarheid te verpakken?'
Commissaris Buitendam stond op. Hij zag rood tot in zijn nek en zijn neusvleugels trilden. Bevend strekte hij zijn arm naar de deur.
'Eruit!'
De Cock ging.

11

Toen De Cock zich na zijn onstuimig onderhoud met commissaris Buitendam, met een nors gezicht op zijn stoel achter zijn eigen bureau liet zakken, keek Vledder hem schuins onderzoekend aan.
'Was het weer zover?'
'Wat?'
'Heeft hij je weer van zijn kamer gejaagd?'
De Cock zuchtte diep.
'Hij kan het niet laten.'
Vledder schudde zijn hoofd.
'Hij heeft het weer gedaan. Dat kan toch zo niet doorgaan?' riep hij bezorgd. 'Het is volgens mij ook jouw eigen schuld. Jij moet die man niet steeds dwarsbomen, ergeren of op stang jagen. Hij is jouw meerdere en jij zal je toch een keer moeten schikken in jouw nederige status van ondergeschikte.'
De Cock gromde.
'Ik ben niet nederig en ik ben niet ondergeschikt,' riep hij geëmotioneerd en uiterst weerspannig. 'Ik accepteer ook het begrip "meerdere" niet.'
Vledder snoof. 'Maar Buitendam ís jouw meerdere. In de rangen en standen bij onze politie is dat nu eenmaal zo.'
De Cock gebaarde breed.
'Buitendam heeft als commissaris een functie in ons roerige politiebedrijf. En als hij die functie naar behoren vervult, zal hij van mij geen kritiek krijgen. Ik kom pas met hem in aanvaring wanneer ik het met zijn zienswijze niet eens ben.'
Vledder spreidde zijn handen.
'Die man mag toch een mening hebben, een mening die van de jouwe verschilt?'
De Cock wond zich op. 'Een verschil van mening,' reageerde hij scherp. 'Best. Daar wil ik dan over discussiëren. Maar ik krijg de smoor in wanneer hij zich als een slapjanus laat mani-

puleren door een of andere officier van justitie of mensen zoals die Julius Spencer.'
Vledder grinnikte.
'Jij past niet naadloos in ons hiërarchieke verband. Oprecht, De Cock, het verbaast mij dat ze jou nooit uit de dienst hebben geschopt.'
De oude rechercheur grijnsde.
'Ik los moorden op. Dat doe ik al vele jaren op mijn manier. Daar heb ik geen "meerdere" bij nodig. Ik hoop altijd vurig dat ze uit mijn buurt blijven.'
Vledder liet het onderwerp rusten.
'Waarom moest je nu weer bij Buitendam komen?'
De Cock gebaarde wat wild.
'Julius Spencer van de Stichting Gouden Harten heeft de commissaris gisteravond laat nog gebeld. Het was volgens Buitendam al ver na middernacht.'
'Waarover?'
'Directeur Spencer is van mening dat de twee gruwelijke moorden in zijn organisatie een nadelige invloed zullen hebben op de mensen die goede doelen sponsoren en steunen. Hij vreest dat de vrijgevigheid van die lieden zal afnemen of wellicht geheel zal verdwijnen.'
Vledder maakte een hulpeloos gebaar.
'Die angst is begrijpelijk. Elke negatieve berichtgeving uit die sector maakt de mensen wantrouwend.'
De Cock knikte.
'Spencer wilde dat de berichtgeving over die moorden min of meer zou worden gecensureerd. Het liefst zag hij dat de media daarover totaal niet zouden worden ingelicht.'
Vledder trok een denkrimpel in zijn voorhoofd.
'Met andere woorden, twee moorden in één pand, op één dag, zouden moeten worden verzwegen... als niet gepleegd beschouwd?'
'Zoiets.'
'Dat is toch onzin?'
'Dat is niet alleen onzin,' zei De Cock wrevelig, 'het is ook immoreel. In een open samenleving hoort dat niet.'

De oude rechercheur wreef zich even achter in zijn nek.
'Waaraan ik mij bij Buitendam ergerde...' ging hij somber verder, 'wat ik hem gevoelsmatig het meest kwalijk nam, was dat hij – toch onze bloedeigen politiechef – niets vroeg over ons werk. Bijvoorbeeld hoe die moorden waren gepleegd, hoe ons onderzoek verliep, of wij nog aanwijzingen hadden, of wij nog mogelijkheden zagen om de dader te ontmaskeren. Niets. Hij was alleen geobsedeerd door het idee van Julius Spencer om twee gruwelijke moorden uit de openbaarheid te houden.'
Vledder gromde.
'Ons werk interesseerde hem niet.'
De Cock schudde zijn hoofd.
'Het is helemaal niet ter sprake gekomen,' riep hij geprikkeld. 'Het scheen hem alleen te interesseren hoe een mogelijk verstoorde geldstroom van de Stichting Gouden Harten kon worden beteugeld.'
Vledder, aangestoken door De Cock, zwaaide heftig.
'Dat heeft toch niets met rechtshandhaving te maken?'
De Cock schudde zijn hoofd.
'Niets... hoegenaamd niets.'
'Heb je hem dat gezegd?'
De Cock grijnsde.
'Die kans heb ik niet gekregen.'
Vledder lachte.
'Dan heeft hij je wel overdonderd.'
De Cock maakte een hulpeloos gebaar.
'Buitendam wilde gewoon niet naar mij luisteren. De commissaris scheen veel, zo niet alles, voor het idee van Spencer te voelen.'
'Absoluut bezopen.'
'Het is inderdaad bezopen, maar bezopen was de commissaris niet. Toen ik tegen zijn plannen in verweer kwam, volgde het bekende gebaar...' De Cock deed het voor. 'Met gestrekte arm in de richting van de deur.'
Vledder grijnsde. 'Eruit.'
De Cock knikte. 'Einde discussie.'

Rechercheur Vledder dacht na.
Het was hem aan te zien. Zijn nog jeugdige gezicht stond gespannen. Zijn kin stak scherp naar voren en tussen zijn wenkbrauwen liep een diepe, verticale denkrimpel.
Plotseling begonnen zijn blauwe ogen te glanzen. Zijn kin schoof weer terug en de rimpel verdween.
'Vertelde de commissaris jou,' vroeg hij peinzend, 'dat Julius Spencer hem belde en van twéé moorden sprak?'
De Cock knikte.
'Hij noemde ook de namen van de slachtoffers: Jean-Baptiste de Boyer en Richard Verhoeven.'
Vledder schudde zijn hoofd.
'Dat kan niet.'
De Cock keek hem niet-begrijpend aan.
'Wat kan niet?'
Vledder gebaarde heftig.
'Dat Julius Spencer over twee moorden sprak. Van die tweede moord, de moord op Richard Verhoeven, kon hij gisteravond nog niet op de hoogte zijn. Wij hebben hem daarover niet ingelicht.'
De Cock maakte een schouderbeweging.
'Misschien heeft een van die twee interieurverzorgsters hem benaderd.'
Vledder schudde opnieuw zijn hoofd.
'Die dames interieurverzorgsters kennen de leden van de stichting niet. Zij kunnen het slachtoffer nooit als Richard Verhoeven hebben herkend. Ze kennen van de stichting alleen directeur Julius Spencer.'
De Cock keek Vledder vorsend aan.
'Je hebt gelijk.'
'En wij hebben de naam Richard Verhoeven in de onmiddellijke nabijheid van die twee vrouwen nooit genoemd. Ik vraag mij af uit welke bron Julius Spencer putte voor hij Buitendam belde.'
De jonge rechercheur zweeg even voor het effect.
'Of kende Julius Spencer de moord op Richard Verhoeven uit eigen wetenschap?'

De Cock keek hem gespannen aan.
'Je bedoelt dat Julius Spencer, de directeur van de Stichting Gouden Harten, gekleed in een wijde zwarte cape, zelf die moord op de Brouwersgracht pleegde?'
Vledder spreidde zijn armen.
'Is dat geen optie?'
De Cock keek zijn jonge collega bewonderend aan.
'Ik vind dit heel knap van jou. Goed gefundeerd deugdelijk denkwerk. Mogelijk is Julius Spencer ook verantwoordelijk voor de dood van Jean-Baptiste de Boyer.'
Vledder kwam uit zijn stoel overeind.
'Wat doen we?'
'Wat bedoel je?'
'Halen we hem op?'
'Arresteren?'
'Ja.'
De Cock schudde zijn hoofd.
'We moeten hem eerst de kans geven om een verklaring af te leggen. Als hij aannemelijk kan maken dat hij op een plausibele wijze aan het bericht van de tweede moord kwam en daarna de identiteit van het tweede slachtoffer achterhaalde, dan stort onze gehele bewijsvoering in elkaar.'
Vledder liet zich weer in zijn stoel zakken.
'Je hebt gelijk,' reageerde hij timide.
De Cock gebaarde voor zich uit.
'Heb je vandaag sectie?'
Vledder schudde zijn hoofd.
'Ik had vanmorgen vroeg dokter Rusteloos al aan de lijn. De patholoog-anatoom zit tot aan zijn nekharen vol met lijken... overal in het land. Voor onze twee Amsterdamse lijken had hij vandaag geen tijd.'
Om de mond van De Cock gleed een matte glimlach.
'Dat komt goed uit. Straks gaan wij samen naar de geplande bijeenkomst van de stichting op de Brouwersgracht. Daar is ongetwijfeld ook Julius Spencer. Als wij na zijn verhoor geen reden meer hebben om hem te arresteren, dan wil ik toch één ding.'

'Dat is?'
'Een lijst met alle namen van de leden van de stichting... van nu en van het verleden.'
Op dat moment werd er op de deur van de grote recherchekamer geklopt en Vledder riep: 'Binnen.'
De deur werd langzaam geopend. De gestalte van een lange, zwaargebouwde man verscheen. Met een iets gebogen rug liep hij de kamer in.
De Cock schatte hem achter in de dertig. Misschien iets ouder. Wat hem opviel waren de onevenredig lange armen van de man, de hoge jukbeenderen en de donkere doorlopende wenkbrauwen.
Voor het bureau van de grijze speurder bleef hij staan. Hij tikte met een kromme wijsvinger op zijn borst.
'Ik... eh, ik ben op zoek naar rechercheur De Cock.'
Het klonk wat onbehouwen.
De grijze speurder stond van zijn stoel op en schonk de man een blijde glimlach.
'Mijn naam is De Cock,' reageerde hij bijna automatisch. 'De Cock met ceeooceekaa.' Hij wees voor zich uit. 'En dat is mijn collega Vledder, voor wie ik, ondanks zijn jeugdige uiterlijk, geen geheimen heb.'
De oude rechercheur wees naar de stoel naast zijn bureau.
'Gaat u zitten. En vertel mij waarmee ik u van dienst zou kunnen zijn.'
De man nam wat houterig plaats en De Cock registreerde liggende vrouwenfiguren in een gordel van tatoeages om zijn onbedekte hals en nek.
'Ik,' sprak de man met een zware stem, 'ben Emmanuel... Emmanuel Verhoeven. Ik ben de oudere broer van Richard.'
De Cock zocht in het gelaat van de man naar overeenkomstige uiterlijke kenmerken. Die waren er niet. Hij stak de man zijn hand toe.
'Gecondoleerd met het droevige verlies van uw broer Richard,' sprak hij somber.
Emmanuel Verhoeven liet de hand van De Cock onberoerd.
'Hij is dus echt dood,' stelde hij onbewogen.

'Mijn collega Vledder en ik hebben hem gisteravond vrij laat, na een mededeling van twee interieurverzorgsters, gevonden in het gebouw van de Stichting Gouden Harten aan de Brouwersgracht,' antwoordde De Cock even onbewogen.
Emmanuel Verhoeven trok zijn gezicht strak.
'Vermoord?'
'Ik zal u de bijzonderheden besparen.' Strak keek De Cock hem aan. Zijn blik gleed even naar de tatoeages in de hals van de man.
'Hij was lid van die stichting,' sprak Emmanuel met ingehouden ergernis. 'Hij had daarin een leidende positie.'
De Cock boog zich iets naar hem toe.
'Hoe vernam u van zijn dood?'
Emmanuel Verhoeven legde zijn lange armen op het blad van het bureau van De Cock. Zijn grove gezicht met fel glinsterende groene ogen was dichtbij.
'Ik wil dat u zijn moordenaar vindt.'
Er school intense dreiging in zijn stem, wat de ervaren speurder niet ontging.
Hij negeerde de dreiging.
'Hoe vernam u van zijn dood?' herhaalde hij vriendelijk.
Verhoeven gromde.
'Julius Spencer belde mij vannacht en vroeg mij of ik wist waar Richard was.'
'Hoe laat was dat?'
'Halftwee, twee uur.'
'Woont u bij uw broer?'
Verhoeven schudde zijn hoofd.
'We wonen wel in hetzelfde huis, maar hebben ieder onze eigen vertrekken.'
'Waarom vroeg Julius Spencer of u wist waar uw broer was?'
Emmanuel Verhoeven zwaaide met een lange arm.
'Spencer vertelde dat hij had gehoord dat er in dat pand aan de Brouwersgracht opnieuw een moord was gepleegd. De vrouw die hem daarover had ingelicht, had gezegd dat het slachtoffer een vrij corpulente man was... een man die zij niet kende.'
De Cock keek hem strak aan.

'Uw boer was een corpulente man.'
'Hij vrat te veel,' zei Verhoeven wrevelig, 'vet spul, en van lichaamsbeweging had Richard nog nooit gehoord.'
De Cock zuchtte diep. Het verhoor van Emmanuel Verhoeven verliep, zo vond hij, uiterst stroef. De man reageerde niet zoals hij gewend was.
'Julius Spencer dacht bij een corpulente man als slachtoffer meteen aan uw broer?'
Verhoeven knikte.
'Dat zei hij. Op verzoek van Julius Spencer ben ik in de vertrekken van mijn broer gaan kijken.'
'En?'
'Hij was er niet.'
'Dat heeft u aan Julius Spencer doorgegeven?'
'Precies. Spencer gaf toen als zijn mening dat het slachtoffer in het gebouw aan de Brouwersgracht vrijwel zeker mijn broer Richard was.'
De Cock keek verwonderd.
'Waarom? Richard Verhoeven was toch niet de enige corpulente man onder de leden van de stichting?'
'Dat moet u hem vragen,' reageerde Verhoeven fel. 'Ik ken de leden van de stichting niet. Ik heb mij nooit met die club bemoeid. Ik was er ook fel op tegen dat Richard zo veel tijd aan die Gouden Harten spendeerde.'
De Cock reageerde verrast. Het begon erop te lijken dat zijn verhoor toch de goede kant op ging.
'Wat is de basis van uw aversie, uw antipathie tegen die stichting?'
De man kneep zijn dunne lippen opeen.
'Het spul deugt niet.'
De Cock glimlachte.
'Dat is een vage opmerking.'
Emmanuel Verhoeven wees naar de getatoeëerde vrouwenfiguren in zijn hals en nek.
'Ik ben,' legde hij uit, 'een normale man. Geen adonis, niet aantrekkelijk, en ik moet er erg mijn best voor doen om een vrouw te behagen... soms lukt het.'

De Cock lachte.
'Geen huwelijk?'
Verhoeven schudde zijn hoofd.
'Dat gaat me te ver. Vrijheid, blijheid. Ik ben als huwelijkspartner, dacht ik, niet zo geschikt. Te eigengereid en te wispelturig.'
Hij nam zijn lange armen van het bureau van De Cock en leunde achterover.
'Richard,' sprak hij zacht, 'was pedofiel. Hij viel op jonge knapen... zo in de puberteit... soms nog jonger. Er zijn momenten geweest dat ik die aandrang er bij hem wel uit had willen rammen, maar dat heeft geen zin. Het zit, denk ik, in de genen. Hij was als jochie al een beetje vreemd. Het kwam misschien ook door onze vader, een tirannieke vent met een drankprobleem... die Richard om zijn flegmatieke vadsigheid haatte.'
De Cock interrumpeerde niet.
'Richard,' ging Verhoeven verder, 'was na de dood van zijn vriend Jean-Baptiste de Boyer erg terneergeslagen. Gistermiddag, na zijn bezoek aan u, kwam hij naar mij toe en zei dat hij er ernstig rekening mee hield dat hij in de Stichting Gouden Harten het volgende slachtoffer zou zijn. "Emmanuel", zei hij, "nu ben ik aan de beurt".'

12

Toen Emmanuel Verhoeven met trage tred de grote recherchekamer had verlaten en de deur achter hem dichtviel, duimde Vledder over zijn schouder.
'Heb je goed op hem gelet?' vroeg hij geschrokken. 'Wat een oerlelijke man. Verschrikkelijk. Daar zal je als vrouw toch niet verliefd op worden.'
De Cock moest glimlachen om die opmerking.
'Schoonheid,' sprak hij achteloos. 'Mijn oude moeder zei altijd: alles wat een man meer heeft dan een aap is meegenomen.'
'Een aap,' lachte Vledder, 'daar heeft Emmanuel Verhoeven wel iets van weg. Die lange armen en zijn kromme rug.'
De Cock knikte.
'Een atavistisch wezen.'
'Een wat?'
'Een atavistisch wezen,' herhaalde De Cock.
'Daar heb je hem weer. Wat mag dat wel zijn?'
'Cesare Lombroso,' legde De Cock geduldig uit, 'de beroemde Italiaanse psychiater en criminoloog uit de negentiende eeuw, meende dat lieden met een crimineel gedrag stamden uit een door de mens al verlaten stadium in zijn evolutielijn. Lichamelijke en geestelijke eigenschappen uit die vervlogen evolutieperiode komen bij hen weer tot leven. Daar zou men, zo oordeelde Lombroso, criminelen ook aan kunnen herkennen.'
Vledder gniffelde.
'Atavistische wezens.'
'Precies. Atavisme komt van het Latijnse *atavus*.'
'En dat betekent?'
'Betovergrootvader. Men noemt atavisme ook wel erfelijke terugval.'
'Mooi verhaal, De Cock. En geloof jij daarin?'
De Cock schudde zijn hoofd.

'De stellingen van Cesare Lombroso zijn achterhaald. Onder de huidige criminelen zijn nog maar weinig uitgesproken Lombroso-typen te ontdekken. Bovendien doet men tegenwoordig wonderen met plastische chirurgie.'
De oude rechercheur stak zijn wijsvinger omhoog.
'Hoewel... bij sommige bloeddorstige seriemoordenaars wordt nog wel eens van "atavisme" gesproken. Vooral wanneer in hun criminele gedrag vormen van kannibalisme en mensenoffers voorkomen.'
Vledder lachte.
'Zoeken wij een atavistische moordenaar?'
De Cock plukte aan zijn neus.
'Ik zou er maar niet naar uitkijken. Wel is er sprake van een gemiste kans.'
'Hoe bedoel je?'
De Cock gebaarde naar de deur.
'De lelijke Emmanuel Verhoeven had beter naar zijn broer Richard moeten luisteren. Hij had meer interesse moeten tonen voor de onzekere, bijna labiele situatie waarin zijn broer verkeerde.'
De oude rechercheur imiteerde de stem van Emmanuel Verhoeven. *'Emmanuel,'* zei hij, *'nu ben ik aan de beurt.'*
Vledder keek hem niet-begrijpend aan.
'En?'
De Cock zuchtte.
'Bij zo'n kreet dringen zich de vragen toch aan je op.'
'Zoals?'
De Cock gebaarde weids.
'Waarom ben jij aan de beurt... van wie heb jij iets te duchten... in hoeverre is jouw situatie te vergelijken met jouw vermoorde vriend Jean-Baptiste de Boyer?'
Vledder knikte begrijpend.
'Ja ja, wanneer Emmanuel Verhoeven die vragen aan zijn broer Richard had gesteld en Richard had naar waarheid geantwoord, dan hadden wij nu via Emmanuel die twee moorden onmiddellijk kunnen oplossen.'
De Cock knikte.

‘Precies... een gemiste kans. Emmanuel was nauwelijks geïnteresseerd in het leven van zijn broer Richard. Ik denk dat de verwijdering tussen die twee al op jonge leeftijd is ontstaan.’
Vledder wees voor zich uit.
‘Het is opvallend dat Jean-Baptiste de Boyer net als de vermoorde Richard Verhoeven pedofiel was. Ik vraag mij toch af...’
De jonge rechercheur stokte.
‘Wat?’
‘Is Julius Spencer pedofiel?’
De Cock stond grijnzend van zijn stoel op.
‘Laten we het hem gaan vragen.’

Het was druk op de Brouwersgracht. Vledder kon geen plekje voor hun oude Golf vinden. Alle parkeerplaatsen waren bezet. Vledder moest omrijden naar de overkant van de gracht om de wagen daar tussen de bomen te parkeren.
Ze stapten uit en liepen via de brug naar het pand Brouwersgracht nummer 713.
Sjofeltjes gekleed, zoals gebruikelijk, stond Julius Spencer voor de deur.
De directeur van de Stichting Gouden Harten begroette de vele bezoekers van de bijeenkomst. Hij toonde zich in het geheel niet verbaasd dat ook de twee rechercheurs zich meldden. Zwierig maakte hij een uitnodigend gebaar naar de ingang van het gebouw.
‘Zoek maar een plekje,’ sprak hij vriendelijk.
De Cock bleef even bij hem staan.
‘Ik wil straks de goegemeente nog even toespreken. Tenzij u overwegende bezwaren heeft.’
Julius Spencer schudde zijn hoofd.
‘Wanneer u het woord wilt nemen, dan geeft u dat maar te kennen.’
De Cock en Vledder gingen naar binnen en namen brutaal plaats op de voorste rij stoelen van de vergaderzaal. Omdraaiend keken ze in de gezichten van de leden van de stichting. Vledder schatte het aantal aanwezigen op rond de vijftig. Er waren geen vrouwen.

Ongeveer in het midden van de zaal herkende De Cock het gezicht van Edward van Ravensburg. Verder was er niemand aanwezig die zijn aandacht trok.
Het was opmerkelijk dat er niemand naast de rechercheurs op de voorste rij ging zitten. Vermoedelijk hadden de leden van de stichting intuïtief een afkeer van de beide mannen die de wet vertegenwoordigden.
Toen iedereen zat, nam Julius Spencer achter de katheder plaats. De toespraak van de directeur was opmerkelijk kort. Hij heette de aanwezigen hartelijk welkom en sprak de hoop uit dat de bijeenkomst tot positieve resultaten zou leiden. Over de vermoorde leden van de stichting repte hij met geen woord.
Toen Spencer van de katheder wegliep en naast de rechercheurs ging zitten, stond De Cock op. In een slepende tred sjokte hij naar de katheder en liet vandaar secondelang zwijgend zijn blikken door de zaal gaan.
'Ik heb opgemerkt,' begon hij traag, 'hoe u argwanend naar mij en mijn collega hebt gekeken. Misschien hebt u mij herkend, maar voor wie ik nog een onbekende ben, stel ik mij hierbij voor. Mijn naam is De Cock... De Cock met ceeooceekaa, en ik ben als rechercheur verbonden aan het politiebureau aan de Warmoesstraat. De man naast wie ik op de voorste rij zat, is mijn collega Vledder. Onze belangstelling voor de leden van de Stichting Gouden Harten is het ambtelijke gevolg van twee afschuwelijke moorden, die gisteren hier achter het zwarte gordijn in het kantoor van de stichting hebben plaatsgevonden. Twee leden van uw stichting, Jean-Baptiste de Boyer en Richard Verhoeven, vonden met een tussenpoos van slechts enkele uren de dood door moordenaarshand.'
Hij keek even naar Julius Spencer voor een reactie op diens gezicht. Die reactie was er niet... althans niet merkbaar. De directeur scheen niet teleurgesteld te zijn door de ontboezemingen van de oude rechercheur.
De Cock ging verder.
'Het onderzoek door mij en mijn collega heeft nog niet tot resultaten geleid. We zijn de moordenaar – het kan ook een vrouw zijn – nog niet op het spoor. Wel leeft in ons de overtuiging

dat de dader gevonden moet worden onder de leden van de Stichting Gouden Harten. En de kans is niet denkbeeldig dat de moordenaar van de om het leven gebrachte leden nu hier, naast u, in de zaal zit.'
De oude rechercheur strekte zijn handen naar voren.
'Wellicht,' sprak hij gedragen, 'kijk ik nu vanaf deze plek in de ogen van de moordenaar.'
De Cock zweeg even.
'Laat de dader zich niet vleien,' ging hij verder, 'in de hoop dat hij twee onberispelijke moorden heeft gepleegd... want dat heeft hij niet. Laat hij zich ook niet koesteren in de gedachte dat de recherche niet altijd feilloos werkt en dat hij door ambtelijke onbekwaamheid mogelijk buiten schot blijft... want dat blijft hij niet. Ik verzeker u dat mijn collega Vledder en ik de dader zullen identificeren. Het is alleen een kwestie van tijd. Daarom raad ik hem aan om zich straks, hier achter in het kantoor van de stichting, bij ons te melden. Ik beloof u een eerlijke behandeling. Bedankt voor uw aandacht en geduld.'
De Cock bleef nog even staan.
In de vergaderzaal heerste een beklemmende stilte. De leden keken met schichtige blikken naar elkaar. De verslagenheid was compleet.
De oude rechercheur verliet de plek achter de katheder en liep naar het kantoor. Vledder volgde met in zijn kielzog Julius Spencer.
De Cock ging in een van de bureaustoelen zitten. Julius Spencer nam tegenover hem plaats en wierp hem bewonderende blikken toe.
'Een fraaie speech. Een indrukwekkende oproep aan de moordenaar om zich te melden. Verwacht u dat dit nog tijdens deze bijeenkomst zal gebeuren?'
De Cock schudde zijn hoofd.
'Ik denk dat de moordenaar zich daarvoor nog te veilig voelt. Moordenaars hebben vaak een hoge dunk van zichzelf... achten zichzelf onkwetsbaar.'
De oude rechercheur glimlachte.
'En hoe veilig voelt u zich?'
Spencer reageerde verrast.

'Ik?'
De Cock knikte.
'Vanmorgen, na een turbulent onderhoud met commissaris Buitendam, vroegen Vledder en ik ons af hoe het mogelijk was dat u zo accuraat kennis droeg van het feit dat het tweede slachtoffer Richard Verhoeven was...'
Spencer gebaarde naar de telefoon.
'Greet Meier, een van onze interieurverzorgsters, belde mij midden in de nacht op om te zeggen dat zij een vermoorde man in het kantoor van onze stichting had aangetroffen en daarom de politie had gebeld.'
'Na dat telefoontje had u zich toch met mij in verbinding kunnen stellen.'
De directeur maakte een verontschuldigend gebaar.
'Ik schatte u niet bereikbaar op dat onzalige, nachtelijke uur.'
'Wij zijn dag en nacht bereikbaar.'
Spencer negeerde de opmerking.
'Ik vroeg Greet Meier hoe het slachtoffer eruitzag. Ze sprak van een nogal corpulente man.'
'Toen dacht u aan Richard Verhoeven?'
'Ja.'
De Cock gebaarde om zich heen.
'Ik heb in de zaal rondgekeken. Er zijn meerdere corpulente figuren onder de leden van uw stichting.'
Julius Spencer zuchtte.
'Ik werk al jaren met Richard Verhoeven samen. Toen wij gistermiddag de moord op Jean-Baptiste de Boyer bespraken, zei Richard plotseling en zonder enige aanleiding: *Ik kon wel eens de volgende zijn.*'
'En?'
'Wat bedoelt u?'
'Hoe hebt u op die mededeling gereageerd?'
'Ik trok mijn schouders op en vroeg hem waarom hij de volgende zou zijn. Op die vraag heb ik van Richard geen antwoord gekregen. Ik heb tot mijn spijt ook niet verder aangedrongen. Ik vond het idee zo absurd, zo ver van de realiteit, dat ik het verwierp.'

Hij zuchtte opnieuw.
‘Maar toen ik vannacht door dat telefoontje vernam dat het slachtoffer een corpulente man was, kwam de opmerking van Richard terug in mijn gedachten. Toen ik daarna bij zijn broer Emmanuel informeerde, en hoorde dat Richard niet thuis was, kreeg ik de stellige overtuiging dat Richard het tweede slachtoffer was.’
De Cock glimlachte.
‘Waarom hebt u bij commissaris Buitendam geprobeerd om deze moorden uit de publiciteit te houden?’
‘Dat leek mij in het belang van de stichting. Bij negatieve publiciteit dalen de inkomsten onmiddellijk.’
‘Nogmaals, waarom hebt u mij daarover niet benaderd?’
Julius Spencer keek De Cock grijnzend aan.
‘Ik wist dat ik met dat voorstel bij u geen enkele kans maakte.’
De Cock boog zich iets naar hem toe.
‘De slachtoffers, zowel Jean-Baptiste de Boyer als Richard Verhoeven, waren pedofiel. Wist u dat?’
Julius Spencer fronste zijn wenkbrauwen.
‘Waren die twee pedofiel?’
‘Absoluut.’
‘Daar heb ik nooit iets van gemerkt.’
‘En u?’
‘Hoe bedoelt u?’
‘Bent u pedofiel?’
Spencer keek hem geschrokken aan.
‘Waarom vraagt u dat?’
‘Gezien in het licht van de slachtoffers, is dit een gebruikelijke vraag.’
Julius Spencer schudde zijn hoofd.
‘Ik heb al vele jaren een verhouding met een voor mij aantrekkelijke vrouw.’
De Cock veranderde van onderwerp.
‘Er gaan geruchten dat de stichting aan zijn leden een strenge zwijgplicht oplegt... een strenge zwijgplicht mét strafbedreiging.’
‘Wat voor een strafbedreiging?’ reageerde Julius Spencer verwonderd.

'De dood.'
'De dood?'
'Ja. Een lid van uw stichting die de zwijgplicht verbrak, liep het gevaar geliquideerd te worden.'
De mond van Julius Spencer zakte halfopen.
'Wordt dat beweerd?'
'Ja.'
Spencer stak zijn armen omhoog.
'Wat een onzin,' riep hij geschokt. 'Natuurlijk proberen wij de vuile was binnen de deur te houden. Dat is in het belang van onze stichting. In dat licht moet u ook mijn pogingen zien om uw commissaris te bewegen publicaties over de gepleegde moorden tegen te gaan. Maar liquidaties? Dat is barbaars, middeleeuws. De mensen die dat beweren zou ik een proces willen aandoen ter zake smaad.'
De Cock luisterde onbewogen.
'De dood van Jean-Baptiste de Boyer en Richard Verhoeven,' vroeg hij kalm, 'dienen door mij niet als liquidatiemoorden te worden bezien?'
Spencer kwam uit zijn stoel overeind.
'Rechercheur De Cock,' sprak hij bewogen, 'stop met die nonsens. De zwijgplicht die wij onze leden opleggen, is een ethische, een moralistische zaak. Voor het verbreken van die zwijgplicht kunnen we iemand het lidmaatschap van de stichting ontzeggen... en dat is alles.'
De oude rechercheur beluisterde de uitleg met een glimlach.
Plotseling kwam een man het kantoor binnenstormen. Zijn gezicht zag rood en zijn ogen flikkerden kwaadaardig.
'Het is goed dat die twee dood zijn!' riep hij met overslaande stem. 'Het is goed. De moordenaar verdient een pluim. Die twee vormden de schande van onze stichting. Ik had ze om willen brengen... zo woest was ik soms. Ik had alleen de moed niet.'

13

De Cock keek met een scheef hoofd naar Vledder, die druk was achter zijn computer.
'Heb je van Julius Spencer de ledenlijst van de Stichting Gouden Harten gekregen?'
'Ja.'
'Ook de namen van oud-leden?'
'Ja. Een complete lijst. Directeur Spencer had aanvankelijk nog wat bedenkingen.'
'Welke?'
'Hij wilde voor alles voorkomen dat de lijst zou worden gepubliceerd. Toen ik hem verzekerde dat dit niet zou gebeuren, stemde hij uiteindelijk toe dat ik het gehele ledenbestand kopieerde.'
De Cock glimlachte.
'Mooi. We moeten die lijst maar eens doornemen en kijken wat voor figuren we tegenkomen.'
Vledder gniffelde.
'Crimineeltjes met gouden harten.'
De oude rechercheur lachte
'Die zijn er toch. Ik hoop in ieder geval op blijde verrassingen.' Hij stak zijn hand omhoog. 'Heb je ook de naam van die vent die vanmiddag het kantoor aan de Brouwersgracht binnenstormde?'
'Ja baas,' knikte Vledder quasi-gedwee.
'George Peter de Vries,' las hij hardop, 'oud 58 jaar, van beroep boekhouder, al sinds de oprichting trouw en toegewijd lid van de Stichting Gouden Harten.'
'Waar woont hij?'
'Hier in Amsterdam aan de Haarlemmer Houttuinen nummer 610.'
'Wat een opgewonden standje,' reageerde De Cock. Die George Peter De Vries had wel een bloedhekel aan de vermoorde man-

nen. Dat stak hij niet onder stoelen of banken. Hij was zo woest dat hij ze zelf wel van kant had willen maken. Zij vormden, vond hij, de schande van de stichting.'
Vledder wees naar zijn computer.
'Doen we nog wat met zijn verklaring?'
De Cock trok zijn brede schouders op.
'Niet veel. Voorlopig. Hij beticht Boyer en Verhoeven van chantage. Hij had van een paar bevriende pedofiele mannen gehoord dat zij door die twee werden afgeperst. Maar de namen van die vriendjes wilde hij niet noemen.'
Vledder ademde diep.
'Dan hebben wij geen zaak. Bovendien zijn de dode daders niet meer vervolgbaar. We kunnen de verklaring van George Peter de Vries gewoon verscheuren.'
De Cock schudde zijn hoofd.
'Wacht even, hou die verklaring van George Peter de Vries maar netjes in je computer. Misschien komt die verklaring ons later nog eens van pas. Ik heb wel degelijk belangstelling voor de pedofiele mannen die door de vermoorden werden gechanteerd.'
'Waarom?'
De Cock gebaarde.
'Wanneer men een slachtoffer tot op het bot chanteert, kweekt men een moordenaar.'
Vledder keek hem verrast aan.
'Je bedoelt dat de chanteurs allebei best eens door een gechanteerde pedofiel kunnen zijn vermoord?'
'Dat zou kunnen. Wanneer een gechanteerde man geen uitweg meer ziet en niet meer aan de eisen van zijn afperser kan voldoen, zal hij uiteindelijk uit nood zijn kwelgeest om zeep helpen. Daarvan ken ik wel een paar voorbeelden.'
Vledder grijnsde.
'Hoe vinden wij zo'n gekwelde pedofiel?'
De Cock wreef zich achter in de nek.
'Het is uiterst moeilijk om dat wereldje binnen te dringen. Dat lukt je als rechercheur bijna nooit. Pedofielen houden hun geaardheid zo veel mogelijk verborgen. Gechanteerde pedofielen doen vrijwel nooit een officiële aangifte.'

Vledder glimlachte.
'Is de kreet van George Peter de Vries voor ons een doodlopende weg?' sprak hij hoogdravend. 'Brengt de schande van de stichting ons geen stap verder?'
De Cock zuchtte.
'Felix de Waard sprak al over chantage in de stichting. Dat is nu door de kreet van De Vries min of meer bevestigd.'
De oude rechercheur zweeg even.
'Heb je al iets gehoord van onze zedenpolitie... of ze nog iets met de bestanden uit de computer van Jean-Baptiste de Boyer hebben kunnen uitrichten?'
'Ik heb nog niets van ze gehoord,' antwoordde Vledder. 'Dat kan ook bijna nog niet. Ze hebben die computer nog maar net in hun bezit.' Hij grinnikte jongensachtig. 'Je brengt mij anders wel op een idee.'
De Cock lachte.
'Het idee... of in het huis van de vermoorde Richard Verhoeven wellicht ook een computer staat?'
Vledder knikte.
'Ik zou daar graag in willen neuzen. Wie weet wat dat oplevert. Een rijk gevulde bankrekening... horden naakte jongens.'
De jonge rechercheur maakte een mismoedig gebaar.
'Van de woning van de vermoorde Boyer had ik een sleutel.'
De Cock gebaarde achteloos.
'We komen er toch wel in.'
'Met jouw apparaatje?' vroeg Vledder met een bedenkelijk gezicht.
De Cock krulde zijn lippen.
'Bijvoorbeeld,' beaamde hij gnuivend. 'Ik denk dat we dat omstreden apparaatje niet nodig hebben. Ik ben ervan overtuigd dat Emmanuel Verhoeven ons zonder enig bezwaar zal toelaten om de computer van zijn broer te bekijken.'
Hij zweeg even.
'Het lijkt mij trouwens wel zinvol om niet alleen de computer, maar de hele woning van Richard Verhoeven grondig te bekijken. Bij Jean-Baptiste hebben we ze niet gevonden.'
'Wat?'

'De compromitterende foto's waarmee de pedofielen werden gechanteerd.'

Met Vledder aan het stuur van hun oude Golf reden ze van de houten steiger achter het politiebureau weg. Een bleek, waterig zonnetje meldde de komst van striemende regenbuien uit een snel naderende depressie, maar het was nog droog.
De Cock blikte opzij.
'Heb je het adres van wijlen Richard Verhoeven?'
Vledder knikte.
'Ik heb het opgezocht. Prinsengracht 804. Het zal wel een oud grachtenpand zijn.'
Ondanks het intensieve stadsverkeer bereikten ze voorspoedig de Prinsengracht en vonden daar – een mirakel – nog een ruime parkeerplaats aan de wallenkant tussen de bomen. Ze stapten uit en keken omhoog.
Vledder kreeg gelijk. Perceel Prinsengracht 804 was een fraai grachtenpand met een karakteristieke trapgevel en een breed bordes, bereikbaar via twee brede hardstenen trappen.
De Cock hees zijn negentig kilo aan de trapleuning omhoog. Vledder volgde met een aanmerkelijk lichtere tred.
Boven op het bordes bleven ze even staan en bezagen de ingang. Rechts naast de glimmende donkergroene toegangsdeur hing aan de muur een glimmend gepoetste koperen plaat met zonder enige toevoeging *Emmanuel Verhoeven* in zwarte verzonken letters.
De Cock drukte op een sierlijk omlijste koperen bouton onder de naamplaat.
In het inwendige van het pand luidde een bel. Het duurde ruim een minuut, toen na veel gerammel met sloten de zware toegangsdeur werd geopend. In de deuropening stond Emmanuel Verhoeven. Hij droeg een groengevlekte spijkerbroek met daarop, verrassend, een witzijden blouse. Hij keek onderzoekend van De Cock naar Vledder en terug.
'Hebben jullie de dader al?' vroeg hij nieuwsgierig.
De Cock schudde zijn hoofd.
'We doen ons best,' sprak hij verontschuldigend. 'Uiteraard doen we ons best. En we hopen op uw toestemming om in de

woonvertrekken van uw broer Richard te mogen kijken. Wellicht vinden wij daar sporen of aanwijzingen in de richting van de dader.'
Verhoeven knikte en deed een stap opzij.
'Kom erin.'
De Cock wees naar de koperen plaat aan de muur.
'Ik mis de naam van uw broer.'
'Dit is mijn huis,' glimlachte Verhoeven. 'Door mij gekocht en betaald, en niet het huis van mijn broer.'
De Cock fronste zijn wenkbrauwen.
'Hij stond hier wel ingeschreven?'
Verhoeven knikte weer.
'Maar Richard heeft van mij nooit de sleutel van dit pand gekregen.'
De Cock keek hem verrast aan.
'Waarom niet?'
Het gezicht van Emmanuel Verhoeven versomberde.
'Ik kende de geaardheid van mijn broer en wilde per se voorkomen dat hij ongezien jonge knapen mee naar zijn vertrekken nam.'
'Kreeg uw broer nooit bezoek?'
'Ik hield dat zo veel mogelijk tegen. Zijn vriend, de vermoorde Jean-Baptiste de Boyer, is hier een paar maal geweest. Ook Julius Spencer, directeur van de Stichting Gouden Harten, heb ik een keer toegelaten.'
'Niemand meer?'
'Nee.'
'U hield uw broer onder toezicht, zogezegd?'
'Dat waren mijn condities toen Richard vroeg of hij hier mocht komen wonen.'
De Cock knikte begrijpend
Samen met Vledder stapte hij langs Emmanuel de ruime hal in.
Emmanuel deed de zware deur achter zich dicht en wees naar een met roze marmer beklede gang.
'Aan het einde van de gang,' legde hij uit, 'is een trap naar boven. Ik weet niet wat u van plan bent, maar ik verzoek u aan de

situatie, de aankleding van de vertrekken, niets te veranderen. Ik wil ze ter nagedachtenis aan mijn broer in de staat houden zoals Richard ze bewoonde.'
'Dat beloven wij,' zei De Cock plechtig.
Emmanuel Verhoeven bleef weifelend staan.
'Ik heb u dit nog niet verteld. Het is tijdens ons onderhoud in uw bureau aan de Warmoesstraat ook niet ter sprake gekomen.'
'Wat?' vroeg De Cock.
Emmanuel spreidde zijn lange armen.
'Mijn broer Richard beschikte over veel geld,' sprak hij zorgelijk.
'Hoeveel?'
'Ik heb zijn bankrekening nooit gezien,' sprak Emmanuel, 'en hij wilde met mij niet over geld praten. Maar zijn uitgavenpatroon verbaasde mij. Hij reed altijd in dure auto's en hield lange vakanties op dure cruiseschepen.'
De man zuchtte diep.
'Indien u tijdens uw onderzoek aanwijzingen vindt over zijn vermogen,' ging hij verder, 'dan wil ik als enige erfgenaam niets van dat vele geld hebben. Volgens kleeft daar namelijk een luchtje aan.'
'U bedoelt dat het niet eerlijk is verkregen?'
'Precies. Er werd in de Stichting Gouden Harten aardig gesjoemeld met geld.'
De Cock glimlachte.
'U kunt aan dat oneerlijk verkregen geld toch een positieve kleur geven.'
'Hoe?'
'Door het een goede bestemming te geven. Bijvoorbeeld een instelling die met daadkracht het leed van minderbedeelden verzacht.'
Emmanuel Verhoeven keek hem vernietigend aan.
'Maar niet,' sprak hij fel, 'via die verdoemde Stichting Gouden Harten.'

Ze lieten Verhoeven staan, liepen de marmeren gang in en namen de trap naar de eerste verdieping.

In een ruim vertrek met een hoge zoldering, met uitzicht op de gracht, blikte De Cock verwonderd om zich heen. Het vertrek had een bijna identieke aankleding als de kamer in de woning van Jean-Baptiste de Boyer. Ook hier stond een uitbundige hoekbank met een opzichtige reeks roze kussens achter een rechthoekige glanzende glazen tafel.
Ook hingen aan de wanden een paar opmerkelijke fotostudies van spiernaakte jongemannen.
Een deur aan de achterzijde van het woonvertrek leidde naar een ruime slaapkamer met een niet opgemaakt tweepersoonsbed. Er hing een muffe slaapgeur.
De Cock inspecteerde de kasten. De scherpe blik van de grijze speurder kon ook hier geen dissonanten in het gebruikelijke patroon van kledingkasten ontdekken. Wel viel het hem op dat Richard Verhoeven over een groot aantal kostuums beschikte, waarvan vele uit fondantkleurige stoffen waren gesneden. Hij sloeg de deuren van de kasten weer dicht. Ook in de nachtkastjes trof hij geen bijzonderheden.
De oude rechercheur liet zich op zijn knieën zakken en gluurde onder het bed. Tot zijn teleurstelling was daar niets wat zijn aandacht vroeg. Kreunend kwam hij overeind.
Plotseling stormde Vledder de slaapkamer binnen. Zijn gezicht zag rood. Hij gebaarde opgewonden.
'Kom mee,' riep hij hijgend. 'Ik heb in zijn computer gekeken. Ik heb even door zijn bestanden gesurft. Je weet niet wat je ziet.'
De Cock grijnsde.
'Naakte knapen,' reageerde hij niet-geïnteresseerd.
'Ook.'
'Wat nog meer?'
Vledder wenkte ongeduldig.
'Kom kijken.'
De jonge rechercheur liep de slaapkamer uit. De grijze speurder volgde schoorvoetend.
Een vertrek aan de achterzijde van het pand met het uitzicht op een prachtige tuin, was ingericht als kantoor. In een open kast stonden enige ordners. Op een imposant bureau stond een computer met een groot plat beeldscherm.

Vledder ging in de bureaustoel achter de computer zitten. Hij keek even op.
'Die jonge knapen wil je niet zien?'
De Cock schudde zijn hoofd.
'Ik vond als kind die naakte jongens in het gemeentelijk badhuis al verschrikkelijk.'
Vledder wees.
'Kijk.'
Op het scherm verscheen een jonge knaap, omarmd door Jean-Baptiste de Boyer.
De Cock boog zich naar het scherm.
'Heb je daar nog meer van?'
Vledder knikte. Hij liet een volgend beeld zien. Het was een foto van de corpulente Richard Verhoeven, die de penis van een jonge knaap betastte.
De Cock keek gespannen toe.
'Gaat dat zo door?'
Vledder schoof een volgend beeld op het scherm. Een man met een naakte jongen op zijn schoot.
De jonge rechercheur wees.
'Weet je wie dat is?'
De Cock knipperde met zijn ogen.
'Dat is... eh dat is,' stamelde hij, 'de fraudeur Edward van Ravensburg.'
Vledder knikte geboeid.
'Duidelijk. Die drie hebben elkaar met een paar jonge knulletjes op de foto gezet.'
De Cock bleef rechtop staan. Geschrokken. Zijn gezicht zag bleek. Het duurde even voor hij de beelden van het scherm had verwerkt.
'Heb je... eh, heb je het adres van die Edward?' vroeg hij wat beverig.
Vledder knikte.
'Ik heb het wel ergens genoteerd.'
De Cock wees naar het scherm.
'Kun je die drie foto's nu direct downloaden... zo heet dat toch?'

'Printen, bedoel je, De Cock,' zei Vledder lachend. Toen maakte hij een gebaar alsof hij het hele beeldscherm wilde oppakken.
'Moeten we die hele computer niet in beslag nemen?'
De Cock schudde zijn hoofd.
'Dat komt nog. Dat kunnen we ook door de zedenpolitie laten doen. We gaan eerst met die drie foto's naar de woning van Edward van Ravensburg.'
'Om wat te doen?'
De Cock ademde diep.
'Om te zien of hij nog leeft.'
Vledder keek zijn oude collega verwonderd aan.
'Of hij nog leeft?' vroeg hij ongelovig.
De Cock knikte.
'Als ik de situatie goed inschat, dan loopt zijn leven ernstig gevaar.'
Vledder keek hem niet-begrijpend aan.
'Omdat hij, zo nu blijkt, een relatie had met Jean-Baptiste de Boyer en Richard Verhoeven?'
'Om meer.'
Nadat Vledder de drie foto's had geprint, pakte hij zijn notitieboekje uit de binnenzak van zijn jack.
'Edward van Ravensburg woont aan de Middenweg, nummer 812.'
'Dat is in Oost. Start jij vast de wagen, dan neem ik nog even afscheid van Emmanuel.'
Vledder sprintte voor hem uit.
Toen De Cock seconden later bij hem in de politieauto zat, keek Vledder hem vragend aan.
'Weet je wel wat je doet?'
De Cock knikte.
Edward van Ravensburg waarschuwen dat zijn leven wordt bedreigd.'
'Door wie?'
'Dat weet ik nog niet. Rij nu maar.'
Hoewel De Cock altijd waarschuwde wanneer Vledder in het verkeer risico's nam, liet hij hem nu begaan. In ruim twintig minuten hadden ze de Middenweg bereikt.

Edward van Ravensburg was niet thuis.
Vledder keek De Cock aan.
'En nu?'
'Naar de Brouwersgracht.'
'Het gebouw van de Stichting Gouden Harten?'
De Cock knikte.
'En hou het tempo er in.'
Binnen een kwartier waren ze op de Brouwersgracht. Ze stapten uit en De Cock pakte het apparaatje van Handige Henkie uit de zak van zijn regenjas. De oude rechercheur stuntelde bij het vinden van de juiste sleutelbaard. Het duurde langer dan gewoonlijk voor hij het slot had geopend. Via de vergaderzaal renden ze naar het kantoor.
De Cock deed het licht aan. Verbijsterd bleef hij staan, met Vledder, die bijna tegen hem was opgebotst, naast zich. Voor hen op de vloer lag een man op zijn buik. Zijn benen iets uit elkaar. De rechterarm stak naar voren met de palm van de hand omhoog. In zijn rug tussen de schouderbladen stak tot aan het heft een slanke stiletto.
De Cock hurkte bij de man neer. In de palm van zijn rechterhand zag hij een klein, rood, plastic hartje.
Vledder ademde zwaar.
'Het is Edward van Ravensburg.'
'Ja.'
'Geliquideerd?'
De Cock schudde zijn hoofd.
'Uit wraak vermoord.'

14

De Cock had moeie voeten.
Met een van pijn vertrokken gezicht tilde hij zijn benen omhoog en legde ze heel voorzichtig op zijn bureau. Het was daarbij alsof duizenden kleine duiveltjes met evenzovele spelden geniepig in zijn kuiten prikten. Dat was een slecht teken, wist hij.
Telkens wanneer de zaken niet naar wens verliepen, wanneer hij het gevoel had steeds verder van de oplossing weg te drijven, kroop de vermoeidheid in zijn voeten en speelden deze geniepige duiveltjes hun sadistische spel.
De oude rechercheur ging in gedachten na of zijn onderzoek in de zaak van de vermoorde leden van de Stichting Gouden Harten er werkelijk zo slecht voorstond als de plotseling opdoemende duiveltjes in zijn kuiten deden vermoeden. Na ampele overwegingen kwam hij tot de trieste conclusie dat hij geen enkel lichtpuntje kon ontdekken. Zelfs na drie moorden bleef de zaak een mysterie.
Alles was nog zo duister als op het moment waarop hij het ontzielde lichaam van de vermiste Jean-Baptiste de Boyer in het kantoor achter de vergaderzaal aantrof. De twee moorden die daarna volgden brachten de zaak niet nader tot een oplossing.
De Cock kneep zijn ogen even dicht en beet op zijn onderlip. De pijnscheuten kwamen in zijn kuiten terug en tekenden zijn gelaat.
Vledder keek zijn oude leermeester bezorgd aan.
'Heb je het weer?'
'Ja.'
'Dat is snel. De dag is net begonnen. Je bent nog geen halfuur op het bureau. Er is voor die kuiten van jou geen enkele aanleiding om zich te melden.'
De Cock schonk Vledder een droeve grijns. Hij trok zijn rechterbeen voorzichtig omhoog, schoof de pijp van zijn pantalon iets omhoog en betastte de bolling van zijn pijnlijke kuit.

'Ik kan er niets aan doen,' jammerde hij. 'Het komt plotseling... niet te voorspellen. Volledig onaangekondigd. Als ik een telegrammetje vooraf had gekregen, dan was ik thuisgebleven, met mijn voeten in een tobbe warm water.'
Vledder trok zijn neus iets op.
'Is daar nou echt niets aan te doen?'
De Cock schudde zijn hoofd.
'Ik heb me wel eens bij mijn huisarts beklaagd, maar volgens hem is er niets aan te doen.'
Vledder grinnikte.
'Je moet ermee leren leven.'
De Cock knikte.
'Dat doe ik. Zo'n aanval duurt nooit lang. Een paar minuten, dan is het over. Het is een familiekwaal.'
De grijze speurder zuchtte diep en legde zijn been weer op zijn bureau.
'Mijn oude grootmoeder op Urk, mijn "bessie", in het dialect, had het ook. Zij gebruikte haar kuiten bijna als een barometer. Als ze helse prikken in haar stramme kuiten voelde, was er storm op komst en bleef mijn grootvader, die visser was, in de haven.'
'En klopte het?'
'Altijd. Mijn grootvader vertrouwde blindelings op de kuiten van zijn vrouw.'
'Was jouw vader visser?'
De Cock knikte met een somber gezicht.
'Zijn botter verging tijdens een woeste stormnacht. Het was laat in november. Mijn moeder – zij bezat geen voorspellende kuiten – had al een aardige sinterklaassurprise voor hem in huis.'
'Waarom ben jij eigenlijk geen visser geworden?'
De Cock glimlachte.
'Daar was mijn moeder op tegen. Ik was haar enige zoon en ze wilde mij aan de zee niet kwijt. Zij stond erop dat ik vanuit Urk in Amsterdam bij de politie solliciteerde. De politie, zei ze, kende ook wel stormen, maar daar hield je droge voeten bij.'

Vledder lachte.
'Een leuk mens, die moeder van jou.'
De Cock knikte.
'Ik heb veel van haar geleerd. Bijbelteksten, spreuken, oude gezegdes, ze bestookte mij er kwistig mee. Maar tegen één kreet van haar heb ik mij steeds verzet. Ze hield mij altijd voor: *bezit uw ziel in lijdzaamheid*.'
'En dat betekent?'
'Dat je,' verklaarde De Cock, 'in stille berusting je lot moet dragen.'
'Wat is daar op tegen?'
De oude rechercheur zwaaide afwerend en tilde bruusk zijn benen van zijn bureau. De helse pijnen waren blijkbaar verdwenen.
'We hebben drie onopgeloste moorden op onze nek,' riep hij fel. 'Ik ben er geen man naar om daar stil in te berusten. Mijn ziel is niet lijdzaam, die komt daartegen in opstand.'
Hij strekte zijn rug.
'Jij gaat vanmiddag naar Westgaarde?'
Vledder knikte.
'Dat wordt nog wat,' sprak hij somber. 'Dokter Rusteloos wil een gerechtelijke sectie verrichten op alle slachtoffers van de Brouwersgracht.'
De Cock fronste zijn wenkbrauwen.
'Alle drie... op één middag?'
'Ja.'
'Dan ben je wel een paar uurtjes kwijt.'
'Absoluut.'
De Cock snoof.
'Jij liever dan ik met je neus boven die opengepeuterde lijken.'
Vledder negeerde de opmerking.
'Wat ga jij intussen doen? Duimendraaien? Je zou wat achterstallig schrijfwerk kunnen doen, maar met de computer kun jij niet overweg.'
De Cock glimlachte.
'Dat blijft jouw domein. Ik heb voor vanmiddag wel wat op het oog. Je moet mij op weg naar Westgaarde even afzetten bij de woning van Julius Spencer. Ik heb met hem een afspraak

gemaakt om gezamenlijk de ledenlijst van de Gouden Harten door te nemen.'
Vledder trok rimpels in zijn voorhoofd.
'Verwacht je daar wat van?'
De Cock hield zijn hoofd scheef boven zijn opgetrokken schouders.
'Ik blijf erbij,' sprak hij bedachtzaam, 'dat de moordenaar onder de leden van de stichting moet worden gevonden. Die vreemde roodplastic hartjes en de toegankelijkheid van het gebouw aan de Brouwersgracht wijzen daarop. Van de gedachte aan liquidatiemoorden ben ik afgestapt.'
'Waarom?'
'Directeur Julius lijkt mij geen man die in z'n eentje de opdracht tot liquidatiemoorden kan geven.'
'Te soft?'
'Dat denk ik.'
Vledder keek De Cock onderzoekend aan.
'Gisteren, toen we de dode Edward van Ravensburg vonden, sprak jij van een moord uit wraak.'
De Cock knikte.
'De slachtoffers zijn alle drie pedofiel. Dat kan geen toeval zijn. De geaardheid van die mannen moet bij de moorden een rol spelen. Het motief kan best aversie zijn, afschuw of walging. Ik denk aan wraak.'
Vledder spreidde zijn armen.
'Uit welke hoek moet die wraakoefening komen?'
De Cock trok zijn schouders op.
'Nog geen idee. Het moet iemand zijn die het op pedofielen heeft voorzien, en wel op die pedofielen die behoren tot de leden van de Stichting Gouden Harten.'
'Waarom?'
De Cock grijnsde.
'Een goede vraag. Als we het motief kenden, konden wij de dader wellicht uit zijn schuilhoek lokken. Ik hoop dat mijn onderhoud met Julius Spencer mij vanmiddag wat inzicht verschaft.'

De Cock had van de dienst 'volgerij' aan het hoofdbureau van politie een bestelbusje geleend. Het was voorzien van kijkgaten en had aan de buitenzijde reclameteksten van een niet-bestaande bakkerij. Het busje werd door rechercheurs van de volgerij gebruikt om ongemerkt verdachte huizen en personen te bespieden.
Vledder, met een zuur gezicht terug van een lange reeks gerechtelijke secties op de slachtoffers, keek zijn oudere collega stomverbaasd aan.
'Wat wil je in godsnaam met dit busje?'
De Cock schudde zijn hoofd.
'Niet in godsnaam.'
Vledder gromde.
'Sorry. Je weet wat ik bedoel.'
De Cock gebaarde voor zich uit.
'Dat busje parkeren wij vanavond op de Brouwersgracht in de onmiddellijke nabijheid van het gebouw van de Stichting Gouden Harten.'
'En dan?'
De Cock glimlachte.
'Nemen wij beiden in dit busje plaats en wachten geduldig op de komst van de dader.'
Vledder fronste zijn wenkbrauwen.
'De moordenaar van Jean-Baptiste de Boyer, Richard Verhoeven en Edward van Ravensburg?'
'Precies.'
'Die komt vanavond?' vroeg Vledder ongelovig.
De Cock knikte traag.
'Dat... eh dat hoop ik. Ik heb hem voor vanavond om negen uur ontboden.'
Vledder reageerde verward.
'Jíj hebt hem ontboden?'
'Hij heeft bericht gekregen dat hij vanavond om negen uur in het gebouw van de Stichting Gouden Harten aan de Brouwersgracht wordt verwacht.'
Vledder keek De Cock schattend aan.
'Jij weet wie hij is?'

De Cock knikte bedaard
'Ja. Zo... eh, nou ja, zo goed als zeker. Ik ben ook achter zijn motief gekomen.'
'En dat is?'
De Cock wuifde afwerend.
'Ik wil de bewijsvoering zo hard mogelijk maken, zodat ik een volledige bekentenis kan verwachten. Ik heb weer eens de hulp ingeroepen van Fred Prins en Appie Keizer. Zij zullen vanavond ook aanwezig zijn.'
Vledder keek zijn leermeester bewonderend aan.
'En dat alles heb jij bereikt in die paar uurtjes dat ik op Westgaarde met dokter Rusteloos naar die stomme lijken stond te kijken?' Iets van jaloezie was er wel in zijn woorden te bespeuren.
'Ja.'
'Fantastisch.' Vledder wist niets beters te antwoorden.
De Cock plukte aan het puntje van zijn neus.
'Duimendraaien, dat verwachtte jij toch dat ik in de tussentijd zou doen?'
Vledder liet zijn hoofd iets zakken.
'Nogmaals... sorry.'

De Cock schoof de mouw van zijn oude regenjas iets terug en keek op zijn horloge. Het was tien minuten voor negen. Over tien minuten moest de finale plaatsvinden... het sluitstuk van een enerverend onderzoek.
De oude rechercheur voelde zich vreemd gespannen. Hij hoopte vurig dat de plannen die hij had uitgedacht, zouden slagen. Maar hij was er niet helemaal gerust op. Degene die hij van de moorden verdacht, was, zo wist hij, sluw en sterk. De moordenaar had tijdens zijn moordwerk blijk gegeven over precisie en veel lichaamskracht te beschikken. Doktoren hadden de ervaren rechercheur al vaak verzekerd dat het niet eenvoudig is om met een stiletto vanaf de rug het hart te raken. Men moet daarvoor over de nodige kennis van de anatomie beschikken. Ribben en het schouderblad vormen een geducht obstakel.

De Cock vroeg zich af of de man de valstrik die hij had uitgezet, zou doorzien, of hij werkelijk zou komen op het tijdstip dat de grijze speurder voor geschikt had gehouden.
Appie Keizer had zich enthousiast getoond dat hij zich weer eens mocht hullen in de vermomming van verdwaalde buitenman. Een vermomming die hem al dikwijls succes had gebracht. Hij diende bij een mogelijke vlucht van de moordenaar in actie te komen.
Ook Fred Prins was van de partij. De Cock was bijzonder op hem gesteld. De jongeman was intelligent, onverschrokken en zo sterk als een beer. Aanvankelijk had De Cock de gedachte gekoesterd Julius Spencer als lokaas te laten fungeren, maar bij nader inzien had hij de directeur van de Stichting Gouden Harten laten vervangen door Fred Prins. De ervaren rechercheur vertrouwde op hem wanneer het tot een gevecht met de moordenaar zou komen. Maar naar zijn inschatting zou het zover niet komen. Hij verwachtte dat de moordenaar verbijsterd zou terugdeinzen op het moment dat Fred Prins pontificaal gekleed in een wijde zwarte cape met capuchon voor hem zou opdoemen.
Over het psychologische effect van die uitdossing in een wijde zwarte cape had de grijze speurder lang nagedacht. De twee interieurverzorgsters hadden iemand in zo'n cape gekleed uit het gebouw van de Stichting Gouden Harten zien komen kort voordat zij het lijk van Richard Verhoeven ontdekten.
Eerst had De Cock weinig aandacht geschonken aan de verklaring van Greet en Mien... tot hij in de woning van de man die hij de moordenaar achtte, zo'n cape vond. Het had hem nog oneindig veel moeite gekost om een soortgelijke cape voor Fred Prins te vinden. Vrijwel geen kledingzaak in de stad had ze nog in de aanbieding.
De Cock blikte nogmaals op zijn horloge. Het was bijna zover. De spanning kroop in zijn aderen, pulseerde in zijn hals en deed zijn hart sneller kloppen. Hij had dat steeds wanneer een ontknoping naderde.
Hij keek opzij naar Vledder. Op het gezicht van de jonge rechercheur lag een norse trek. De Cock begreep dat. Maar hij

had geen keus gehad. De gerechtelijke secties hadden voorrang en hij, De Cock, had niet verwacht dat hij zo snel tot resultaten kon komen.
Het mobieltje in de binnenzak van zijn regenjas meldde zich. Hij herkende de stem van Appie Keizer.
'Vanaf de richting Herenmarkt nadert een man, gekleed in een wijde zwarte cape met capuchon.'
De Cock zuchtte diep. 'Dat moet hem zijn,' antwoordde hij gejaagd. 'Blijf scherp op hem letten en waarschuw ongemerkt Fred Prins dat hij dichter bij het gebouw komt. Wanneer die man naar binnen is gegaan, blijf je voor de deur staan. De kans is groot dat hij al binnen een paar seconden weer naar buiten komt en je tegen het lijf loopt.'
De Cock keek naar Vledder.
'Zie je hem al?'
Vledder knikte.
'Een vent in een zwarte cape. Hij staat nu voor de ingang van het gebouw en is blijkbaar bezig met een sleutel in het slot te rommelen.' De jonge rechercheur hijgde. 'Nu... nu is hij naar binnen en Appie Keizer staat voor de deur.'
Vledder blikte opzij naar De Cock. 'En nu verder?' vroeg hij gespannen.
'Als de man naar buiten komt,' sprak De Cock, 'zal hij Appie Keizer vermoedelijk met kracht tegen de grond werken. Dan kom jij in actie.'
Vledder schreeuwde.
'De man komt alweer naar buiten en Appie Keizer ligt op de straat.'
De jonge rechercheur stormde via de openslaande achterdeuren het busje uit.
De Cock volgde.
Na een korte snelle sprint greep Vledder de vluchtende man bij de schouder en trok hem naar de grond. De opgekrabbelde Appie Keizer rende naderbij en liet zich op de man vallen. Met een houdgreep hield hij hem in bedwang.
Vledder knielde bij de man neer en rukte de capuchon van zijn hoofd.

Verbijsterd keek hij omhoog naar De Cock.
'Het is Felix de Waard.'
De Cock knikte.
'Drievoudig moordenaar. Goed gedaan, Dick.'

15

De dingdong in de nauwe gang galmde nog een beetje na. De Cock deed de deur van zijn woning open. Voor hem op de stoep stond Dick Vledder. De jonge rechercheur lachte wat verlegen. In zijn linkerhand bungelde een fraai boeket frisse zomerbloemen. 'Voor je vrouw,' legde hij uit. 'Hoe langer ik jou ken, hoe meer ik jouw vrouw...'

De Cock stak afwerend zijn hand op.

'Je hebt mij al vele malen beloofd dat je van tekst zou veranderen.'

Vledder schudde zijn hoofd.

'Waarom? Mijn inzichten over jou zijn hetzelfde gebleven. Ik heb vaak moeite om je invallen te volgen. Jouw vrouw zal daar zeker smartelijk onder lijden... vandaar mijn bewondering voor haar.'

De grijze speurder bekeek het boeket.

'Geen rode rozen?'

Vledder glimlachte.

'Dit is de keuze van mijn vriendin Adelheid. Die houdt van afwisseling, ze heeft een hekel aan tradities.'

'Waarom heb je haar niet meegenomen?'

Vledder gebaarde met zijn vrije hand.

'Ze doet vanavond met de narcoticabrigade een al lang geplande inval in een discotheek.'

De jonge rechercheur liep verder de gang in.

'Zijn de anderen er al?'

De Cock knikte.

'Appie Keizer en Fred Prins zitten bij mijn vrouw en hebben het hoogste woord. En zoals gewoonlijk luistert mijn vrouw geduldig.'

Ze stapten de woonkamer binnen. Mevrouw De Cock kwam onmiddellijk overeind en schudde Vledder ter begroeting de hand. Met een gebaar van opperste verrukking nam ze het boeket in ontvangst.

‘Wat mooi.’
Ze wuifde uitnodigend naar een diepe fauteuil.
‘Ga zitten,’ riep ze vrolijk. ‘Mijn man vroeg zich al af waar je bleef.’
Vledder nam plaats. Zijn gezicht stond ernstig.
‘Ik heb even geaarzeld of ik vanavond wel zou komen.’
Mevrouw De Cock keek hem verbaasd aan.
‘Waarom?’
‘Ik was nogal moe. Ik heb de hele dag gesjouwd om alles te regelen.’
‘Wat moest je dan allemaal regelen?’
‘Heeft uw man niets over de begrafenis verteld?’
Mevrouw De Cock schudde haar hoofd.
‘Jurrian is thuis niet altijd even openhartig.’
Vledder keek naar De Cock.
‘Zal ik?’
De grijze speurder knikte.
‘Daar is toch niets geheimzinnigs aan?’
Vledder zuchtte diep.
‘Uw dierbare echtgenoot is soms een sentimentele oude dwaas. Hij vond het een gepaste gedachte om de drie slachtoffers, allen leden van de Stichting Gouden Harten, op een en dezelfde dag te laten begraven. Ze zijn alle drie, zo is zijn redenering, geveld door eenzelfde wraakgedachte.’
Hij zweeg even.
‘Het heeft mij vandaag heel wat moeite en vooral heel veel overredingskracht gekost om alle familieleden en kennissen van de slachtoffers op één lijn te krijgen.’
De jonge rechercheur keek in het rond met een bijna triomfantelijke uitdrukking op zijn gezicht.
‘Het is mij gelukt.’
De Cock glimlachte.
‘Ik had niet anders verwacht.’
Fred Prins vroeg om aandacht.
‘Die begrafenis laat mij koud. Ik wil eindelijk wel eens weten waarom ik mij in zo’n bespottelijke cape met capuchon moest hullen. Mensen, mensen, wat schrok die vent toen hij mij uit het

kantoor op de Brouwersgracht zag komen. Hij draaide zich om en rende weg. Het leek of de duivel hem op de hielen zat.'
De Cock prikte met zijn wijsvinger in de richting van Prins.
'Die duivel was jij, Fred.'
'In een vermakelijke vermomming,' grijnsde Fred Prins.
De oude rechercheur vatte de fles cognac Napoleon, die hij speciaal voor deze gelegenheden in huis had, en vulde ruim de bodem van diepbolle, voorverwarmde glazen. Hij reikte die zijn vrienden aan. Daarna hield hij zijn glas omhoog.
'Een toost... een toost op de misdaad. De misdaad,' zo sprak hij verklarend, 'is ons enige bestaansrecht. In een wereld zonder misdaad hadden wij geen functie.'
Vledder nam een slok van zijn cognac, zette het glas neer en stak zijn hand op.
'Je moet toch eens precies vertellen wat jij in die paar uur, toen ik op Westgaarde de gerechtelijke secties bijwoonde, hebt uitgespookt. Ineens schudde jij de dader uit je mouw... zomaar, als een goochelaar het konijn uit zijn hoge hoed.'
De Cock schudde zijn hoofd.
'Het was geen truc. Het was niet veel meer dan logisch denken.'
'Vertel.'
'Onder alle gegevens die jij had gekregen van Julius Spencer, de directeur van de Stichting Gouden Harten,' verklaarde hij voor Fred Prins en Appie Keizer, 'vond ik in de lijst van ex-leden iets merkwaardigs.'
'Wat?' Vledder schoot naar voren op zijn stoel.
'In die lijst kwam tweemaal de naam Felix de Waard voor. Ik dacht aanvankelijk aan een administratief foutje.'
'Dat was het niet?'
De Cock schudde weer zijn hoofd.
'Toen ik tijdens mijn bezoek bij hem thuis die lijst van ex-leden aan Julius Spencer voorlegde, verklaarde hij dat er wel degelijk twee mensen onder dezelfde naam lid van de stichting waren geweest: Felix de Waard en zijn zoon, met dezelfde naam.'
'Heeft Felix de Waard een zoon?' vroeg Vledder.
De Cock beet even op zijn onderlip.

‘Felix de Waard had een zoon.’
‘Hád?’
De Cock knikte.
‘Hij pleegde zelfmoord.’
‘Hoe ben je daar achter gekomen?’
‘Dat vertelde Julius Spencer mij. Over de zelfmoord van de zoon van Felix de Waard kende hij geen bijzonderheden. Wel herinnerde hij zich dat De Waard onmiddellijk na de dood van zijn zoon zijn lidmaatschap van de Stichting Gouden Harten had opgezegd.’
De Cock zweeg even om een slokje van zijn cognac te nemen.
‘In een impuls,’ ging hij verder, ‘kreeg ik belangstelling voor die zelfmoord. Ik vroeg Julius Spencer of ik zijn woning even als kantoor mocht gebruiken. Ik kreeg van hem alle medewerking. Eerst belde ik met het bevolkingsregister. Die gaven me de exacte sterfdag van de zoon van Felix de Waard. Daarna belde ik onze administratie. Zelfmoord is volgens de wet een gewelddadige dood. Er moest dus een proces-verbaal van overlijden van de zelfmoord zijn. Dat hadden ze snel gevonden. Het bleek dat de zestienjarige jongen zich thuis had opgehangen. Volgens het proces-verbaal was er bij de zelfmoord geen afscheidsbrief gevonden.’
De Cock glimlachte wrang.
‘In mij kroop de lust om een kijkje te nemen in de woning van Felix de Waard. Maar Felix de Waard zelf wilde ik daarbij niet in mijn buurt hebben. Ik belde met de zedenpolitie en sprak met de rechercheur die de bestanden uit de computer van het eerste slachtoffer, Jean-Baptiste de Boyer, onderzocht. Ik vroeg hem om Felix de Waard voor een onmiddellijk verhoor bij de zedenpolitie te ontbieden en hem minstens een uurtje bezig te houden.’
Vledder keek De Cock gespannen aan.
‘Lukte dat?’
‘Al na een halfuurtje kreeg ik een telefoontje dat de heer De Waard bij de zedenpolitie was gearriveerd. Julius Spencer heeft mij toen heel attent met zijn wagen naar de Keizersgracht gereden.’

Vledder grijnsde.
'En daar, bij de woning van Felix de Waard pakte jij het apparaatje van Handige Henkie.'
'Precies.'
'Toch niet waar die Spencer bij was?'
De Cock lachte.
'Ik ben niet gek. Ik heb bij mijn wandaden als rechercheur geen getuigen nodig. Ik heb Spencer op een parkeerplaats zo'n vijftig meter van die woning op mij laten wachten.'
'Jij ging naar binnen,' zei Vledder ongeduldig, 'en toen?'
'Daar, in de hal, maakte mijn hart het eerste luchtsprongetje. Aan de kapstok hing een zwarte cape met capuchon.'
Appie Keizer stak zijn hand op.
'Was dat belangrijk?'
Het was Vledder die het antwoord gaf.
'Twee interieurverzorgsters hadden aan mij verklaard dat zij kort voordat ze het lichaam van het tweede slachtoffer hadden gevonden, een man met een zwarte cape uit het gebouw van de stichting aan de Brouwersgracht hadden zien komen.'
Appie Keizer knikte begrijpend.
'Het was dus een belangrijke ontdekking.'
De Cock ging verder.
'De tweede ontdekking deed ik in de woonkamer. Aan de wand, achter glas, in een zwarte lijst, hing een afscheidsbrief van de zoon van Felix de Waard. Ik heb de tekst van die verklarende afscheidsbrief woordelijk overgenomen in mijn zakboekje.'
De Cock liet zijn hoofd even zakken.
'Het was een aangrijpend relaas. De jonge Felix schreef in een wat beverig handschrift dat hij door Jean-Baptiste de Boyer, Richard Verhoeven en Edward van Ravensburg voortdurend werd gedwongen om zich met hen en ook met andere vreemde mannen af te zonderen. Hij schreef dat hij het niet langer kon verdragen dat die mannen hem op allerlei manieren misbruikten en vroeg aan zijn vader vergiffenis voor zijn daad, maar – zo eindigde hij – *ik zie de dood als mijn enige uitweg.*'
Fred Prins leunde naar voren.
'Allemachtig.' Ook de anderen waren onder de indruk.

De Cock leunde achterover en zweeg. De lange uiteenzetting had hem wat vermoeid.
Vledder gebaarde in zijn richting.
'Ik ben nog niet tevreden. Hoe kreeg je Felix de Waard zover dat hij naar het gebouw van de Stichting Gouden Harten aan de Brouwersgracht kwam?'
De Cock nam nog een slok van zijn cognac.
'Puur recherchetechnisch gesproken, had ik die ingelijste afscheidsbrief in beslag moeten nemen. Die brief vormde een bijna absolute bewijslast. Ik liet hem hangen. Onaangeroerd. Ook die zwarte cape met capuchon heb ik laten hangen. In mijn hoofd rijpte een ander plan. Ik sloot de woning van Felix de Waard slotvast af en ging terug naar Julius Spencer en zijn auto. Hij vroeg mij waar ik heen wilde. Ik zei dat ik terug wilde naar zijn huis en ik vroeg hem iets voor mij te doen.'
Vledder keek hem peinzend aan.
'En dat was?'
De Cock zuchtte.
'Ik liet hem een brief aan Felix de Waard schrijven, waarin hij stelde dat Jean-Baptiste de Boyer, Richard Verhoeven, Edward van Ravensburg en hij nooit de zielenroerselen van zijn zoon hebben begrepen... dat zijn zoon altijd vrijwillig en blijmoedig zijn medewerking had verleend en daaraan zelfs plezier beleefde.'
Vledder fronste zijn wenkbrauwen.
'Schunnig.'
De Cock knikte.
'Dat is waar, maar mijn doel was dat Felix de Waard door de brief razend zou worden en op de uitnodiging zou ingaan. Ik liet Spencer zijn brief eindigen met het verzoek om naar het gebouw van de Stichting Gouden Harten te komen om te onderhandelen over een geldelijke beloning voor het verlies van zijn zoon.'
Vledder schudde zijn hoofd.
'Verschrikkelijk. De Cock, jij liet Felix de Waard denken dat ook Julius Spencer pedofiel was en dat ook hij zijn zoon had misbruikt. Die geldelijke beloning voor de dood van zijn zoon,

die je hem in het vooruitzicht stelde, vind ik absoluut gruwelijk.' De jonge rechercheur zweeg even en ademde diep. 'Weet je, De Cock, jij hebt iets van de duivel in je.'
De Cock knikte gelaten.
'Iets van de duivel schuilt in ons allen... misschien is dat wel de wortel van het kwaad.'
Fred Prins lachte om de bezwaren van Vledder.
'Voor mij, De Cock, heb je gelijk. Felix de Waard kwam naar de Brouwersgracht om ook Julius Spencer te vermoorden. Een duidelijker bewijs voor zijn moordlust was niet te leveren.'
De Cock spreidde zijn handen.
'Dat heeft hij mij ook in zijn verhoor bekend.'
De grijze speurder keek rond.
'Heeft iemand nog vragen?' Toen niemand antwoordde, schonk hij nog eens in.
Mevrouw De Cock repte zich naar de keuken en kwam terug met schalen vol lekkernijen en liep presenterend rond. De oude rechercheur placht op strikt vertrouwelijke momenten wel eens te onthullen dat hij zijn lange en gelukkige huwelijksleven mede dankte aan de culinaire gaven van zijn vrouw.

Het was al vrij laat toen de laatste gasten vertrokken. De Cock liet zich onderuitzakken in zijn fauteuil en nam zijn derde glas cognac. Zijn vrouw schoof een poef bij en ging tegenover hem zitten.
'Weet je wat ik vreemd vind,' sprak ze liefjes, 'dat vanavond niemand heeft gevraagd waarom Felix de Waard die afscheidsbrief niet heeft gegeven aan de rechercheur die de zelfmoord van zijn zoon behandelde.'
De Cock keek haar onderzoekend aan.
'Heb jij enig vermoeden waarom Felix de Waard die brief achterhield?'
Mevrouw De Cock knikte.
'Ja.'
'En?'
'Felix de Waard was al onmiddellijk nadat hij de zelfmoord van zijn zoon had ontdekt en de afscheidsbrief had gelezen, van

plan om zich te wreken op de mannen die in die brief waren genoemd.'
De Cock glimlachte.
'Je bent een slimme tante. Felix de Waard had geen vertrouwen in het gebruikelijke recht en besloot zelf tot executie over te gaan.'

De volgende boeken van Baantjer zijn bij De Fontein verschenen:

1 De Cock en een strop voor Bobby
2 De Cock en de wurger op zondag
3 De Cock en het lijk in de kerstnacht
4 De Cock en de moord op Anna Bentveld
5 De Cock en het sombere naakt
6 De Cock en de dode harlekijn
7 De Cock en de treurende kater
8 De Cock en de ontgoochelde dode
9 De Cock en de zorgvuldige moordenaar
10 De Cock en de romance in moord
11 De Cock en de stervende wandelaar
12 De Cock en het lijk aan de kerkmuur
13 De Cock en de dansende dood
14 De Cock en de naakte juffer
15 De Cock en de broeders van de zachte dood
16 De Cock en het dodelijk akkoord
17 De Cock en de moord in seance
18 De Cock en de moord in extase
19 De Cock en de smekende dood
20 De Cock en de ganzen van de dood
21 De Cock en de moord op melodie
22 De Cock en de dood van een clown
23 De Cock en een variant op moord
24 De Cock en moord op termijn
25 De Cock en moord op de Bloedberg
26 De Cock en de dode minnaars
27 De Cock en het masker van de dood
28 De Cock en het lijk op retour
29 De Cock en moord in brons
30 De Cock en een dodelijke dreiging
31 De Cock en moord eerste klasse
32 De Cock en de bloedwraak
33 De Cock en moord à la carte
34 De Cock en moord in beeld
35 De Cock en danse macabre
36 De Cock en een duivels komplot
37 De Cock en de ontluisterende dood
38 De Cock en het duel in de nacht
39 De Cock en de dood van een profeet
40 De Cock en kogels voor een bruid
41 De Cock en de dode meesters
42 De Cock en de sluimerende dood
43 De Cock en 't wassend kwaad
44 De Cock en het roodzijden nachthemd
45 De Cock en moord bij maanlicht
46 De Cock en de geur van rottend hout
47 De Cock en een dodelijk rendez-vous
48 De Cock en tranen aan de Leie
49 De Cock en het lijk op drift
50 De Cock en de onsterfelijke dood
51 De Cock en de dood in antiek
52 De Cock en een deal met de duivel
53 De Cock en dood door hamerslag
54 De Cock en de dwaze maagden
55 De Cock en de dode tempeliers
56 De Cock en de blijde Bacchus
57 De Cock en moord op bestelling
58 De Cock en de dood van de Helende Meesters
59 De Cock en moord in reclame
60 De Cock en geen excuus voor moord
61 De Cock en de gebrandmerkte doden
62 De Cock en een veld papavers
63 De Cock en de broeders van de haat
64 De Cock en de dood van een kunstenaar
65 De Cock en de dartele weduwe
66 De Cock en moord in triplo
67 De Cock en een recept voor moord